世间温暖 生生不息

姜坦 著

作家出版社

只有心灵和心灵的相遇，才能呼唤出爱，而我在不停地寻找你。

爱，成就生命的价值

人是追问意义的动物，这意义并不外在于生命本身，而是由生命的具体化——"生活"所赋予的。在生活中，爱无疑是最重要的一项内容，它的神奇在于能够无中生有，自小到大，由点及面，创世似的在既有现实的基础上再造一个崭新的现实，从而改变单调、重复的序列，揭开生命的丰富性、多元性和复杂性。这就是说，爱是生命的一个起点，同时也可能是终极性的目标，是由物质通向精神的引线，为浪漫的理想打开了美妙的入口。如果没有了爱，人就如同行尸走肉，只是苟且地活着，呼吸吐纳之余更多的是难挨的无聊和庸俗的浊气。关于这一点，年轻的诗人姜坦有着清醒的认识，为此，她注重"心灵和心灵的相遇"，而诗歌写作，则是一种独特的"相遇"方式。在一首诗中，姜坦跟随词语的流动，如是慢慢展开自己的路途："你是你生命中的主人公 / 人生剧本里最重要的存在"。这是一份来自青春的骄傲，也是对自身最充分的肯定。

姜坦认为，人是宇宙之子，是携带着自己的使命来到尘世的。每个人都是独一无二的，都可以在世界上开拓自由的疆土，能够成全世间所有的美好，而万物也做好了迎接真与美的准备。至于最后究竟是精彩还是平庸，完全由付出的努力来决定。如此，诗人借助抒情主人公之口呼吁，不要总是沉溺于黑夜，不要总在黑暗深处叹息和悲泣，而要以歌声来"开创白天的传说"。无疑，这年轻的骄傲必然带给诗人以充满朝气的自信，"我们生命的背景永远流彩斑斓／不是从没有过漆黑的夜晚／而是始终相信自己能够发光"。

我们知道，青春是多梦的季节，这些梦并不止一种颜色，它们多半是彩色的，既有奔放的红色、快乐的黄色和娇羞的绿色，也会有忧郁的蓝色与灰色，甚至令人沮丧的黑色。每个青年同时会面对各种选择，在玫瑰、茉莉、百合、雏菊之间无所适从。需要指出的是，这种两难的困惑就是美国诗人弗罗斯特曾经面对的"未选择的道路"。人生总会遭遇几个关键的十字路口，一旦做出选择便不可逆转，某个偶然也就会延伸为一连串的必然。她也因此逐渐悟出了一个道理：人的诞生并不是瞬间的事情，而是一个长期的过程，是连续的一点一滴的成长。至于梦想，"原来可以不只是梦／而是能落地的果实"。唯其如此，诗人一直葆有对生活的热爱，她"始终浸泡在爱的海里"，满怀对未来的憧憬，"始终相信自己能够发光"，哪怕曾经面对"漆黑的夜晚"。姜坦相信个体生命并不是微不足道的，它不是相互隔绝的单独存在，而是蕴藏着巨大能量的辐射体，"每个人的生命都足以点亮世界／每个人的力量都能撼动地球／每个微小聚集就可以成为伟大"，生命与生命之间、生命与非生命之间有着隐秘的因果链。

不能不说拥有这样的认识是可喜的，初涉人世的姜坦已经初步领会了生命的辩证法，在茫茫宇宙中，渺小与伟大、卑微和高贵、羸弱与强壮，都是可以转换的。这样的"辩证法"也渗透在人对自我、对他人的认知过程中。据说，希腊德尔菲神庙里有一句古老的箴言："认识你自己。"但人要真正认识自己，并不是一件容易的事情，拔高和贬低倒是常见的现象，正如姜坦在诗中陈述的那样："人们喜欢造神/也会毁神/就像烟花流星一样/有一天你也会回归原点/人们会渐渐忘记你的存在"。很多人并不具备对度的把握能力，他们摇摆、上升和沉沦，有意无意地造就了世界的各种世相，反过来也决定了人的命运。尤其当一个人处在某个中心，在某个明亮的舞台上，聚光灯的照耀容易使台上的他（她）迷失、膨胀，或者让自己变异，成为另一个陌生的"我"。在体验或目睹了这样的境遇后，姜坦拥有了一定的自省，努力去"眺望未曾见过的风景"。

如前所述，现代化的规划和设计带给现代人诸多便利和高速发展的同时，也破坏了自然的生态，埋下了许多社会性的陷阱，造成了价值观的混乱和人性的迷失。对此，姜坦也是醒觉的，她在诗中写道："在快节奏的时代中/辗转在都市的霓虹下……/曾名为休息的时间变成娱乐/曾名为娱乐的时间变成网上冲浪/与伙伴欢笑的时间变成与手机做伴"，以至于"真正的快乐与快感已经混淆不清"。随后，她发出了追问:"一听可乐流淌进嗓子眼就是快乐吗/狂拆快递拿出心仪的商品就是快乐吗",由衷地期盼"此刻就能遇见'你'/一个名为'你'的灵魂/让我再次品尝久违惺惺相惜的滋味",重获"原始的初心",去享受"本真的快乐"。

在一篇随笔中,她曾经谈到对科技文明的认识,尤其是对人工智能AI的认识。她表现出了超越同龄人的平静和镇定,断然声称:"大自然永远比网络辽阔,家里的饭菜远比外卖美味,手工远比机器生成的温暖,花香永远比香水更有氛围,打字聊天不如面对面交流更顺畅。我们来自自然,切勿失其本心。现在及其以后,说不定真诚与人情味会更加稀有。"众所周知,文学是人学,而"人类是会爱的动物",爱是这个世界的最高意义。机器没有感情,更谈不上什么爱,这就意味着,机器在情感上的缺失使得它不可能真正取代人的存在。再者,无论怎样前卫的机器,它的背后仍然有人的存在,受控于人。

阅读姜坦的诗作,我们可以感受到她的纯真和热情,她对爱的信任与守持,也可以发现她探索真与善的决心和耐心,其中包含了她对自身的打量与对周遭世界的观察,以及由此引发的思考。它们关涉到不少科学与哲学的命题,其中最具深度的是她对时间的感受和领悟。人立于天地之间,时间是每个人都必须面对的现实,它由空间所证明,由瞬间构成,却无限接近永恒,成就一个人,也会毁灭一个人。它既是谜面,又包含了谜底。姜坦通过自己的诗句告诉我们:"所有的秘密都藏在时间里/谁都不知晓未来的信使又会带来什么名堂/过去始终在未来里存活/纵使前方有何未知莫测/人心总比未来更加遥不可及"。她发现,"现在的真相也藏在时间里",而时间像一个巨大的容器,收纳了一切已知的和未知的现象,具体的和抽象的事物,甚至谎言与真相。"有些话语一张口就卷入过去的泥潭……/过去的痕迹能够印证岁月的变迁/那是肉眼无及真实存在的刻印/也是我活着的证据"。诗人希望超越时间的围限,留下"活着的证据"。当然,最好的存留方式就是记忆,记忆可以让僵死的东西复活,化抽象为具体,让过去成为当下,将历史的细节沉淀为经验。其中,诗歌又堪称记忆中的记忆,是文化传承中最精粹的一部分,"倘若一切都能铭记于时间之外的心灵里/所有记忆不会在角落腐烂成冰"。正是在此视角下,诗人强调,"忘记才是最无情的悲剧"。

记忆与文化的传承拥有一条秘密的通道,后者有自己的隘口和哨兵,唯有最精粹的部分才能通过严格的缝隙进入后世。其中,创造又是必不可少的推助。在姜坦的作品中,有一首《龟与兔》是戏仿性的作品,它是对经典童话《龟兔赛跑》的一种解构与重构。人们都熟悉那个故事,兔子由于骄傲和自满,结果浪费了体能上的优势,败给了慢速度的乌龟。原作鼓励了乌龟的锲而不舍,弘扬了一种不气馁、不放弃的精神。姜坦在此基础上有了更深一层的思考,她将龟兔之间的竞赛提升到了兔子与时间的赛跑,把一个励志剧改编成了一个悲剧。兔子仿佛是个当代夸父,"以为跑赢了时间就赢得了一切/故意调快十分钟的手表/比太阳升起还早的每一天……/它永远在奔跑",结果积劳成疾而早逝。诗人对这则故事的仿写,目的是让读者知道,"我才是时间的主人","所谓疾与缓,输与赢/都在于我们赋予的意义"。

古希腊哲学家赫拉克利特说过,"人不能两次踏进同一条河流"。他强调的是时间的流动性,它的不可逆性与人的生命的一次性。对此,诗人的思考则是时间的恒定与人与物的唯一性,如此,则可以催发人的能动性:"万事万物皆是唯一/还有此刻的时空/还有迷茫的你/命运几经辗转又轮回到原点……/人生的答案不需要从别人口中得到解答/现在用身体去打破沉默/像巨浪排山倒海解锁新的生命力"。在另一首诗中,她如是写道:"生命周期轮回旋转/一切征兆都被写入亘古的时间/我,每分每秒变幻流动/我是由无数个过去的瞬间构成/也许是曾经的伤痛阻碍迈向远方的脚步/看见与接纳永远是最好的解药"。这就是说,在认识到了时间的恒定与静止之后,诗人并没有后退、沉沦、放弃,而是充满了信心,不惧人生的短暂,也不惜"从零开始",重申做"时间的主人"。

文学是语言的艺术,诗更是文学的顶端性存在,为美提供了一个最恰切的归宿。诗的归宿与人们精神的提升密切相关。姜坦在《万物皆诗》专辑中也陈述了这种思想,"艺术赐予我的不仅是享受/还有救赎心灵的福音","我的灵魂一直存活在现实与幻想的美丽夹缝中"。写作本身不是目标,它是通向目标的道路。

姜坦认为,"我们虽然渺小但依然闪耀"。她渴望和"宇宙"同舞。我想,这应该是一种美对真的致敬,一种将小我融进大我的愿心。在此,我祝愿她永葆诗心,探索成功!

诗人、翻译家、评论家,北京外国语大学教授　汪剑钊

孤独的理想者、高傲的歌吟者

在无比喧嚣的时代选择静下来,调整呼吸,沉思静观,努力靠近"存在着的真理"。这是姜坦的个人选择,一代代身处红尘的诗人始终以青春的鼓点去撞击生命的"永乐大钟"。于姜坦而言,诗是她主动的心灵追求,具有不可替代性。第一部诗集《世间温暖,生生不息》似一顶理想的紫金冠,在姜坦的头上闪耀。"紫金冠"并非轻易得来,它是可求不可得的非现实之物。"志于道,据于德,依于仁,游于艺"千古流传。儒家认为"志于道"为要,其次才据德于仁,唯此有志者才能有所成就。如若写作时全是寻章摘句、雕词揣字,而无大胸襟、大见识,诗人就永远在"小道"上徘徊。我通读了姜坦即将出版的诗集,破旧说、立新解,诗句间赤子之心淋漓尽致。我无意为年轻的诗人指迷归觉,我更愿意为读者揭橥一二,以彰明她砺世维风的心态、格物求索的姿态、穆如清风的状态。

"只有心灵和心灵的相遇,才能呼唤出爱,而我在不停地寻找你。"姜坦诗集扉页铺排的诗句,是了解其灵魂世界的入口。纵观她诗集的每一首诗，均透明、纯粹，有高贵的质地，内在圣洁的精神呼之欲出。单纯统计这些诗作题目，足可判断诗人的价值倾向。"星途""玫瑰""梦""火焰"等意象频出，虽各有不同，深究这些意象是均质的、明亮的。仿佛骏马轻貂、凌厉当年，姜坦的诗语皆是形而上之思，蕴含着诗人的强烈主观体验与哲思。"所有时光都充满了力量／你不再需要面具就会／穿越挫折的山脉／岁月匆匆，大地必将留下你的名字"。跳踉起舞的理想诉求跃然纸上，姜坦的纯粹高蹈使人避开尘浊，其诗的莹洁透明使人心神愉悦。专注于心灵的观照、存在的叩问，姜坦的诗深具浪漫主义气息、唯美主义气质。

姜坦诗笔下的万物皆有神性，诗集的第四辑干脆以"万物皆诗"为题，在"拜物教"的周遭追索"神性"。"我们都获得相同的时间／在这场游戏里／谁都可以成为任何想成为的样子／寻找本真和黑暗里的影子／日月亦会落幕／我们自会寻觅到生命的谜底"。超越其年龄的深邃思考，涉世未深的女孩好像已经活过了多少世纪。不过，姜坦较少直接在诗歌中探讨宗教有关的话题，更多的是在《银河之下》《奇迹的降临》等作品中高扬清明理性，即声讨与神本文化相对的人本主义逐渐稀释且逐渐被异化为"人类中心主义"。这些"声声问"，不是抒情小令式的，而是从眼耳鼻舌身意沁出人生况味的"大赋"。启蒙时代以降，人类认知能力增强，"神"几无藏身之地，小说、散文率先失去了言说"神"的可能性，诗歌还存有部分的宗教属性。姜坦诗歌中的神性，大抵是自己内心世界，这如同"神"本身。"总之还要继续走下去／选择心之所向的那条路／遵从迷雾里灵魂的指引／下一个彼方还在等着我"。因为终极关怀的拷问，姜坦对哲学、科技、古典文化、艺术等有浓厚的兴趣，也让她的诗疏离了日常生活，而特别重视思索自由意志、灵魂放飞。为凸显孤独的歌吟者和高踞云端的言说者形象，诗人选择静观妙悟，率性挥洒、醉舞欢歌的豪气由内向外释放。收录诗集的诗篇超弋于现实之外，似万川映月，更适合理想主义者于夜间踟躇独行。诗固然表述着神性，但神性不等于就是诗。"我们都印着宇宙的历史／我们都是星辰之子／八十亿颗星辰共同点亮着／八十亿个奇迹的世界／八十亿种人生和无数个美梦／我们都是彼此路上的太阳／愿爱给予光明／我们虽然青涩但充盈希望"。姜坦要举起烛火，坚持标举不为他事物左右的高蹈精神（不同于道德精神），以诗抵御着世俗的风雨，获取内心的愉悦。

异国他乡的求学生涯不仅是形身的体验，更是别样的乡愁盘踞于心灵深处。姜坦无意书写异国他乡美丽的"乡愁"，她甚至将一种哀伤带入诗歌，称为颇具魔力的"乡悲"——彻底失去的乡愁，就是人类无家可归的精神写照。"我们也在闪烁着／在每分每秒的瞬间／也许现在还只是火苗／也许还在彷徨和迷茫／每一盏憧憬星辰的烛火／终会蜕变成太阳／日以继夜／星河流转／你已独木成林／与光伴舞"。我无法知悉姜坦是否有堂吉诃德式的行动，塞万提斯刻画的堂吉诃德行为种种，都是在试图恢复"黄金时代"。不难从姜坦诗作中读到各式各样的"焦灼",她有自己的乌托邦要在诗中建构。"回家的路就在眼前/我们没有走远,宇宙是我们的归途/因为我们都是宇宙的孩子"。作为一种"非在"形式存在的乌托邦诗国,是以"心灵总态度"的内视点介入把握外部世界,对题材施行贴近又超越的处理。希望她将诗歌作为灯盏,视为生命的需要,如同样将视点移向外在视象。

"一切的一切都从春天开始/四月的第二天/第二次的人生就此启航/拂晓的日光下/一路向东翱翔在春日的湛蓝"。海德格尔说:"艺术的本性就是存在者的真理本身置入作品。"我以为,进入艺术行当时间较长的姜坦正通过艺术探索来实现自己的理想主义转型。艺术,是她在孤危情景下求取幸存的幸福内容之一。与精神的美质追寻并辔而行,姜坦一直在探求艺术美。才与学的融汇,造就了姜坦的理趣。祝愿她在未来的诗歌创作路途上笔底烟花璀璨,更好地实现艺术的生活化与生活的艺术化。

评论家、作家、诗人,中国作家协会会员　姜　超

致未完成式的我们

走过几圈人生的四季,成长就在潜移默化中发生。幼小的飞鸟慢慢离开家巢,在世界的旷野找到自己的安身之处。

我们从孩童穿越岁月,到果实成熟。曾经渴望长大,想要触及自由和独立。少年时代,我们拥有着即使失败也能被包容和无限挑战的可能,还有结识各类新朋友的机会。

但其实这些"特权"也并非只在年少时才能够享有。即使以后我们离开校园,踏入浩瀚无垠的海洋中心,只要我们愿意,我们永远都有重新出发的自主权,任何想要的事随时都可以启程。

如果说在少年时期"中学生"这一身份能够给予人生最重要的启迪,我认为人生任何时候都不要放弃探索未知、尝试学习新技能的意义。这也是每个人成长过程中会慢慢丢失的好奇心——探索未知欲。所以永远不要放弃我们与生俱来"学习"的本能。

我希望我们都能在旅途之外,学会成为你自己。我们生来并非只是一张白纸。虽然从出生开始人生履历的确是一纸空白，但远观眺望人生，却可以比喻为一本书。

书的封面、纸张、介绍、出版社，来自你的原生家庭和出身。但此后的目录及内容都由你来创造。

也许我们生来都不知道自己是谁，又会成为谁。一直在未知和憧憬中跟跄长大的时光里，我们无论身在何处，都要记住自己走过的路，所见的山川风光，看过的书，都会在未来某次挑战中给予自身力量。世上从来没有白走过的路，也没有虚无荒度浪费的时间，只要有意识地度过这些时间，不要认为在单纯地吃苦，这样，即使再苦再难的日子，也能使其熠熠发光。

我们惧怕的从不是跌倒，而是跌倒之后因为羞耻不敢站起来。不要惧怕自己可以飞得更高。"学习"本身就是通往自由的钥匙和探索未知自己的答案。

人生没有终点，我们的生命也灿若星火，生生不息。

姜 坦

癸卯年春

目录

第一辑 寄信予心灵

星 途	003
亲爱的	004
里程碑	006
盛开的灵魂	008
黑 夜	012
黎明的方向	013
有朝一日	015
英雄出世	016
长大之后	020
永恒不远	023
五月坦然	026

驶进日落的梦境列车　　028
归家之途　　031

第二辑　时代的聚光灯下

幸福终将再临　　035
破晓时分　　037
岁月无声　　039
闪　光　　042
快乐的陷阱　　045
我想遇见一个灵魂　　047
藏在时间里　　050
生命之网　　052
龟与兔　　056
新年新生　　059

第三辑　比喻人生

游乐园　　065
生命的模样　　068
灵魂的栖息地　　071

终点站　　　　　　　　074

答　案　　　　　　　　080

无为流动　　　　　　　082

五光旦夕　　　　　　　084

画之门　　　　　　　　087

春回新生　　　　　　　091

如果人生是首诗　　　　094

灯烛成炬　　　　　　　096

第四辑　万物皆诗

呼　唤　　　　　　　　103

百果树　　　　　　　　106

奇迹的降临　　　　　　108

来自艺术的福音　　　　110

眼鼻嘴　　　　　　　　112

大　地　　　　　　　　113

望日葵　　　　　　　　115

火　焰　　　　　　　　117

银河之下　　　　　　　119

春日颂 121

繁花绽放的季节 123

今夜,和宇宙起舞 126

盛夏伊始,要活成一首歌 129

生于浪漫 132

萌　芽 136

遨游宇宙,和生命对视 138

第五辑　爱的盛宴

繁星的相遇 143

描绘时光 145

若是光 147

致我最亲爱的挚友 149

自心深处 151

岁月笙歌 154

以你为名的爱 156

致亲爱的自己 159

永存于净土 161

一路繁花 164

随光南飞	167
生命之歌	170
无尽夏夜之梦	174
归　宿	176
曦和不落	178
夜游梦境	181

副篇　散文三篇

镜中 AI	185
瑰宝旅行	189
毕业信	192

第一辑 寄信予心灵

星　途

所有的路途都在慢慢展开
你会想点亮满天星斗
成为蜕变的蝴蝶
世间繁华落尽你的余生

所有伤痕都是光芒照进来的窗口
你是否想熄灭自卑的烟火
开始下一个征程的起航
世间万物都在等待你的光芒

所有时光都充满了力量
你不再需要面具就会
穿越挫折的山脉
岁月匆匆，大地必将留下你的名字

亲爱的

亲爱的
无论何时不要忘记
你所处的世界外
还有更广阔的天地等你去探索
正如你走的每一步
都在世上开拓了新的名为自由的领土

亲爱的
无论何时请记住
世间万物已准备好迎接你的降临
无须客气去享受这一切吧

亲爱的
无论何时铭记于心间

你是独一无二的孩子
没有人不爱你

亲爱的
无论何时随时默念
三千世界里所有美好都等你去成全
你值得最好的一切

亲爱的
还想告诉你
你是你生命中的主人公
人生剧本里最重要的存在
我祈愿你一直生生不息

里程碑

去更大的舞台吧
不要继续默默无闻
正在发光的你
为何从世界中离开
藏匿于此

关于你
渐渐无人问津
我想这从不是你的期待
逃避换来的竟是终日的孤独

巨大的羽翼无处施展
你难道宁愿在无人的洞穴里苟活
却不敢尝试再次起飞吗

世界是一个容器
你是万物的尺度

你用感知丈量世界
感受到芒刺在背
感受到一切遥不可及
而后又在现实中疗愈创伤

如果你能脱下自恋的外衣
真我就会出发
重新踏上生命之旅
今天埋下的种子
终有一日
会变成伟大的里程碑

盛开的灵魂

没有哪朵花儿不会绽放
只要是灵魂就会盛开
来自未来的你正向你招手
所有的经历都是在积蓄力量
世界已准备好迎接你的大放异彩

你只要向前
继续你的英雄之旅就好

其实能活着就很了不起
你总是比自己想象的更强大
坚不可摧的你
总能一次次翻山越岭
跋山涉水抵达下一个彼岸

人生似游戏
谁不是从新手村摸索走到现在

这个只能开局一次的游戏里
一路升级打怪
你只为能战胜自己

你在我眼里
永远都是世间可爱
从来都是孤品
在本真中成长
热情迎接每位客人的到访

一朵玫瑰就算凋零
也不会动摇你对她的喜爱

爱你的人始终不变
他们爱的是你
只因为你是你

多信任自己吧
一路打败那么多巨龙的你
今后依然会屡战屡胜
无论何时
你的树枝都会无限延伸
灵魂深深扎根于大地
尽情吸收生命的养料吧

一天天不断长大的你
已经初具参天大树的雏形
遮天蔽日的树冠
朝着苍穹伸展

陪伴你这一生
我们一起见证了无数的奇迹
一起欢歌
一起咽下泪水

你无须向世界证明自己
就像蚕蛹能化茧成蝶
丑小鸭会变成天鹅
蝌蚪到青蛙
还有含苞待放的花朵
你苦苦等待的果实
终会落入手心

在崭新自我诞生之前
请重新看看
从你生命诞生伊始
降临于世的那一刻起
你的身体和心灵都已做好准备

去服侍这一生的主人
我们甘愿为你倾尽所有
全心全意为你着想
一切只因为你值得
你的存在已经价值连城

人生如一梦
一切来之不易
我们都是由奇迹构成

你是上苍赏赐给世界的珍宝
让生命自然而然流动
不骄不躁静待灵魂的盛开
悠悠长路，我如影随行

黑 夜

我离开黑夜
却开始留恋黑夜
黑夜终将逝去
曾期盼的光明开始映入眼帘
白昼姗姗来迟
没有一点征兆
来日方长的重逢
未必及黑夜那么迷人
此刻黑夜的尾声
乌鸦的鸣叫呼唤黎明的影子
我一直醒着
流浪在寂静的混沌中
抬头稍微有一点光亮
我竟然有些害怕
铺天盖地袭来的光
我会被吞噬还是会被救赎
无从知晓
只能慢慢习惯灼热

黎明的方向

我们都是花坛里争艳的花朵
爱成就了每一个生命的价值
每粒种子的出生
命运的密码被写入潜意识
金币换取的心仪未来
只是虚幻似泡影
幸福是热爱中
来自多巴胺的额外津贴

永无止境的赛道上
你是怀着怎样的心情
一路长大呢
前路望眼欲穿的终点是你想追寻的吗
终其一生
奇迹伴随成长的旅途铺展开来

生命本没有意义

精彩还是平庸由你赋予
记忆会被时光的流动冲淡
曾经的心境还有过往的梦
都还未至终焉

不要总在黑夜里呼吸
踏着歌声开创白天的传说
你是一切的起点

有朝一日

一个无时无刻不与自己战斗的人
也许你没有想过
聆听每一次伴随不安的喘息
还有抹不掉的过去
可能是你当下痛苦的源头
却并非你的拖累
而是你日后闪闪发光的蓄力
有朝一日
你身居天地乾坤之中
人间会因为你的存在被点亮
有一束超越太阳的光芒
照耀在天地之间

英雄出世

秘密
我心中有着秘密
刻印来自宇宙的生命密码
小如尘埃
是星辰的缩影

我们都是宇宙之子
每个人都带着使命降临于此
参演一部不知道结局的电影
你是唯一的主人公

可电影的开幕
你却围着别人的剧本扮演小丑
或是为玫瑰做绿叶的伴娘
总是极力参演他人电影的你
反而被老戏骨们当成可控的木偶

即便如此　你也宁可躲在象牙塔里
渐渐忘却　最初强烈的夙愿
筋疲力尽的你
坚定的决心带你飞出这片天空
却是徒劳又重回谷底

你以为一切都是命运的规定
却誓要解放桎梏
彼岸的灵魂在召唤
也许是神明的旨意
你开启英雄之旅

看尽世态炎凉　众生皆苦
原来每一个灵魂都有着自己的倒影
有些是泛着光的闪烁
甚至有灵魂熄灭了自己的火花
你明白人生不是战斗
你不用和自己战斗
也不用和别人分出高下

你是独一无二
活在只属于自己的电影中

你开始做自己的导演
掌握自己的人生剧本
为你好的前辈们悻悻退场
由你自己掌舵的航行
才是你的英雄本色

才想起生命是神明赐予的礼物
也许你是来体验世间精彩
或许是来锤炼灵魂坚忍
无论你拿到了怎样的剧本
都请让这场电影盛大落幕
英雄出世不虚此行

时间曾是朋友
宇宙是我们的家和归处
而所见一切都是自己编织的梦境
世间万物倒映着我们的心
我们总是居于彼此之间
成为彼此的镜子
日夜翻转
唯爱贯穿始终

生命易逝,而灵魂不灭

爱生于桃源,长而不衰

人生处处有芬芳

英雄的故事需要自己亲手去书写

长大之后

你不必让自己
长成人见人爱的蔷薇

记得每天走到镜子前
去问候这一路陪你走来的镜中人
看见他也是看见自己

细细感受每一寸肌肤
每一次呼气每一次吸气
每一秒心情的起伏

心灵里寄居着未曾长大的孩子
生命的种子就在那里生根发芽
所以为何还要去外界寻找你的根呢
也不必用珍珠换取得不到的黄金
只要你和心灵保持连接
你就已经拥有了万物

我们生而圆满

纵使曾经踏入幽径
我明白
当初你一定是看见了那条路上的繁花
还有向你招手的蝴蝶
身边还有并肩作战的伙伴
才笃定地相信
路的尽头一定有属于你的宝藏
一切是最好的答案

就像硬币有你看不见的反面
苦难的反面是否也会有惊喜
你可曾想过
如果翻越眼前的高山沟壑
日后它就不再是可怖的梦魇
而是你通往摘星之路的云梯

所有访客的来临
无论是巨龙还是黄鹂
全是为了让你离开花结果更近一点

转过头回望过去

那时生命的画卷就算没有展开
又有何妨
野花在没有绽放时也不知道自己是谁

相信踏出的每一步都是在通往彼岸
所以永远都不要放弃飞翔

永恒不远

1

我与时间捉迷藏
却无处可逃
虽盼望明日黎明
却贪婪着今夜月光
微风静止的瞬间
我与影子重合
内心的碎片终于合一
我终于看见自己

曾在昔时来日
终日寻觅的永恒
谜底就在此刻的一瞬
时间没有休止符

过去已过去
未来还未来
只有现在是现实本身
而我永远不变
故事还在未完待续

我们是超越时空的永恒
纵使时间来去无息
春去冬临
溪流终会汇入同一片蓝海
盛夏已去
在阳光下等待新生

旖旎朝暮之间跨越了一世
仅凭你的声息
我抵达迷宫终点
春天在波光里降临
因为你,我的生命四季分明

2

历历在目的风景
眼前的十字路口

黑夜消融于蓝色迷雾

末日来临的感觉
生命进入倒计时

穿过冰封的时间
万里摇曳的春风
唤醒了阳光

迷醉了海洋的塞壬
也祷告着幸福

我们身披羽翼
所以不怕逆风飞翔
爱从不输岁月

永恒不远
因为我们还有故事
慢慢来编织有彩虹的夜

五月坦然

五月第二十三天
带来了初夏
我身披光束在一轮金阳里诞生
伴着丁香的芬芳与世界相遇
今年
在春天的尾巴和步入夏天的溪流之间
我迈入第二十四层台阶
身后的灯光顺次愈发明亮

我们都是五月的孩子
海蜃街,水月途
都会为我们铺路
我们生命的背景永远流彩斑斓
不是从没有过漆黑的夜晚
而是始终相信自己能够发光

能在失落时在雨中游泳

在日落中奔向月亮
迷路的星星也会找到家
我们还能勾勒梦的画卷

五月坦然
我会继续肆意地盛开

驶进日落的梦境列车

那年春天我做了一个梦
一个漫长的足足有七年的梦
这场盛大的梦
春而始,春而终
梦总会醒来
但我学会将今后的岁月描绘成梦

彼岸之上
我踏上了通往阳光的花路
现在我终于可以
对十年前的自己挥手
所有的夙愿都在夜空闪烁
所有的星星都唾手可得
我们永远会被眷顾着

梦境里有七种色彩
我一直认为我是温暖的粉红

又一点点被岁月染上更美的颜色
我不再执着于成为玫瑰还是茉莉
而是一直肆意生长的百果树

所有我走过的路
从夜幕里霓虹灯下的孤身一人
到重启一切的崭新故乡
再到写满四年回忆盛开百合的山谷
点点滴滴
每一个崭新的我都在这里诞生

曾以为长大只有痛苦
但现在我渴望每一次成长的降临
时间是水　爱是阳光
松柏在自然中日渐挺拔

没有故乡庇佑的数百个日子
我望着地上自己的影子
已经不再是形单影只了
月亮已经找到了她的月亮
就像鲁米和夏姆士相遇一样
我最终遇到了属于我的灵魂
金星伴月不再是虚无的幻想

我还会行走在自己的路上
不论年轮多了几圈
我依然会继续做梦
一如这七年一梦的旅程

梦想原来可以不只是梦
而是能落地的果实

我们始终浸泡在爱的海里
本自具足且生生不息

归家之途

从前玫瑰没有名字
地球还只是荒芜
那时如果想念月亮的话
伸手就能触到婵娟的微光

夏花已逝
四季永恒流转
万物终将凋零　再复苏
我目送冬日远去迎接你的盛夏
你曾是我的四季

往昔的春日尽头里
我们在月光的注视下缘结
从此爱便有了形状和气味
只因你我的名字都刻印在生命之书里
你所在之处就是明灯
指引着生命的路途

我们今生落入尘世
离开天蓝色的彼岸
无根的浮萍总在寻找一片涟漪
但好在我们生来拥有彼此
所有碧落九泉的星辰都有归途

第二辑 时代的聚光灯下

幸福终将再临

在每一秒都与时针一起散步的假期
生命的重量仿佛寄托于冷冰冰的数字
而世界连招呼都没打,就生病了

虽然有幸于见证历史的演绎
更多的是我看见了
一场直面人性的现场直播

每个人的生命都足以点亮世界
每个人的力量都能撼动地球
每个微小聚集就可以成为伟大

春日因为这场疾病而姗姗来迟
有朋自远方来也只能独自注视夕阳
家变成了唯一的避风港

我比画着自己的生命线想着人生何去何从

而人生好像也被按下暂停键
纵使拨动发条仍原地不动

我们来个约定
在梦中牵起手来一个美妙的约会

我们穿过熙熙攘攘的街头
在都市霓虹斑斓的光芒下
扬起无忧无虑的笑颜

时间静止在此刻
再次苏醒
愿美梦洗濯所有惆怅

忽如一夜春风来
我会赴约来到你面前
爱会一如空气一样
再次弥漫世界的任何角落
无处不在

破晓时分

太阳照常东升西落
大地气象万千四季交替
万物恒常运转

在文明的高速公路上
昨天突发的急刹车
今天也未能恢复原状

那个万众瞩目的明天
得经由我们亲手耕耘创造
才会迎来美好的结局

刻苦铭心的今日
会变成史诗巨作一样定格在历史中
每一颗星辰都见证着下一次黎明何时破晓

即使此刻地球暂时打烊

却获得百年不遇珍贵的修行时光
敲开内在的门扉
扪心自问
何为所求之物

曾经按部就班的日子里
习惯于行走在自由的世界
和忙里偷闲的时间

现在混沌的世界里
虽然受困于狭小的房间
却得到了无拘无束的宁静时光

焦急与无奈静止在休止符之中
在旋律再次奏响之前
不妨在自己的天地里重构新的人生

岁月无声

我匆匆走过的每一刻
竟然都成了过去
岁月
我以为要是能抓住她的尾巴
就不会在未来里迷路
却没想到
她只要稍微轻盈跳跃
再小的尘埃也会
改变飞翔的轨迹

所以仅有的时间里
到底是否存在着无限可能性
因为惧怕分别
始终不愿开启新的故事
时间依旧日夜奔波
悠悠岁月里
回荡在心底的歌谣

承载了成年累月的思绪万千

一转身
一串串回忆的剪影都定格在永恒里
我只有站在此刻才会缅怀过去
如梦般模糊的景色
每当一切逝去以后才觉知珍惜当下
每次却为时已晚
岁月跑得太快
一眨眼连影子都消失得无影无踪

我依然
匆匆忙忙去追赶岁月
失落时鞭策着她
想在人生打开二倍速
欢乐时又会死命地留住岁月
如果能静止在此刻我就足矣
而后又患得患失
留下一个分身沉睡在回忆里

总是嫌弃眼前风景
当此刻以过去的面貌显现时
眼瞳里积攒的泪水又一次不争气地流下来
我不止一次问自己

未来会比现在更好吗
只是
每一个过去
只是前一个我厌恶的当下和期盼的未来
当我又想背叛当下无助的自己
急于投奔未来时
过去又无情地离我远去
岁月不会偏袒任何人
每时每刻永不停滞拉着时间的车轮驶往下一个时代

闪 光

望远镜中的舞台
闪闪发光的你
本无缘相遇的我们
因信息流的缘分
在生命两端邂逅
拉开童话的帷幕

只要能够见你我无所不能
只想与你更加接近
以前不知道这世界也有美好的天堂
直到在这里
遇见属于这舞台的你
我第一次觉得
活着真好
平凡的生命开始被赋予特别的意义

从前你也像现在的我一样是个追光者

后来你如愿以偿
变成带给别人光和热的存在
众人仰慕你被举上神台
把你当作神明来敬仰
聚光灯下你必须露出醉心的笑容
你努力把心中的杂音压到最深处
起码不能让别人看见啊

我知道你终日小心翼翼
扮演大家心中的完美主角
在人群面前将强颜欢笑焊在脸上
隐匿所有真实和鲜活

人们喜欢造神
也会毁神
就像烟花流星一样
有一天你也会回归原点
人们会渐渐忘记你的存在

而我还会记得
你在悠长岁月里绽放的一瞬花火

那是你日日夜夜蓄力结出的果实

我会一直追逐你的步伐
体验你走过的每一步
就像在寻宝一样
每一天都眺望未曾见过的风景
而现在我渐渐成为你
继承你的信念
让光芒流淌不息

快乐的陷阱

让我们一起拉长快乐的尺度
快感总是稍纵即逝
眼前一个小小的刺激
就能让我们泛起笑意
但从不知是否由衷的愉悦

在快节奏的时代中
辗转在都市的霓虹下
耳边挂着激情的旋律
眼睛难以从屏幕移开视线
神经加速地活跃着
渐渐地我们无法习惯空白

曾名为休息的时间变成娱乐
曾名为娱乐的时间变成网上冲浪
与伙伴欢笑的时间变成与手机做伴
原来孤独都是自寻烦恼

我们与自己渐行渐远
甚至一刻都无法忍受空白的时间
无所顾忌跳进网络的绿洲

真正的快乐与快感已经混淆不清
一听可乐流淌进嗓子眼就是快乐吗
狂拆快递拿出心仪的商品就是快乐吗

即时满足就是让人欲罢不能
碎片化的快感湮没我们的专注
总要更多新鲜填补欲求的无底洞
心甘情愿成为猎物

总有人想要定义快乐的答案
诱惑我们奔向无止境找寻快乐的路途
最终幻想终止于破灭
与众不同的色彩褪成单一的灰色
无意义的欢笑冲淡了明天的梦

我们不知不觉都在追寻相同的快乐
又在一模一样的赛道获取独一份的快乐
却忘记原本的乐趣其实大道至简
祝你觉醒原始的初心
保持清醒在洪流中奔跑
享受本真的快乐

我想遇见一个灵魂

在这个时代里
物欲横流中奔腾的旋涡里
被动沉溺在无尽的信息风暴中

当下时代里
每日数不尽的人
阅不完的事
拥有无尽的物
还有千百万个你要倾听的故事

疲惫
我渴望空白

空虚
我渴望充实

明明世界上有数以万计的选择

我们却趋于万物合一
现如今
满载被利用的时间变成了常态

所以
是什么占据了我的空白
是什么打破了我内心的宁静
是什么让我疲惫不堪

明明心灵早就发出无数次的呐喊
而那些声嘶力竭的呐喊
都变成了空气
想张开口的时刻
竟变成了虚无

每时每刻心潮澎湃的内在
翻滚不停无休止地为我工作
也许忘记一切才会回归空白吧

所以
我希望此刻就能遇见"你"
我虽然迄今为止遇见了许多个"你"
但似乎每一次相遇
都注定要尽快分别一样

我们终究要流向不同的川河
正是如此我们的交集才弥足珍贵
而现在我的身边空无一人

所以
我希望此刻就能遇见"你"
一个名为"你"的灵魂
让我再次品尝久违惺惺相惜的滋味

其实
我永远都在寻找"你"
若"你"也在寻找我
请让我听到"你"的呼唤

藏在时间里

所有的秘密都藏在时间里
谁都不知晓未来的信使又会带来什么名堂
过去始终在未来里存活
纵使前方有何未知莫测
人心总比未来更加遥不可及
人们想要赌上性命去探索人性的奥秘
不如先低下头询问自己的心
又是由哪味配方调制而成

所有藏在时间深处的未解之谜
万事从起点就与答案分道扬镳
派生出崭新的可能性在历史的轨道上疾行
每个人人生的乱码
还有与他人交错迷离的羁绊
也许正是所有谜题的总和
至于一切的谜底
我们得问问历史

现在的真相也藏在时间里
有些话语一张口就卷入过去的泥潭
期盼的那句回应在未来的道路上迷了路
过去的痕迹能够印证岁月的变迁
那是肉眼无及真实存在的刻印
也是我活着的证据
倘若一切都能铭记于时间之外的心灵里
所有记忆不会在角落腐烂成冰
原来忘记才是最无情的悲剧

生命之网

我知道
你深陷泥潭
被困于旋涡之中
命悬一线
在拼命抓住最后的稻草
你每天在想还能坚持多久呢

我知道
你也曾一遍又一遍
呐喊过呼救过
世人觉得你矫情脆弱
那些声嘶力竭的呼救
全都消散于空气中
生命的火花一次一次被掐灭

眼中的世界不经意间又暗淡了几分
日积月累

所幸打算放弃的你
是否已经计划好离开的时间呢
我知道
无论为你带来什么礼物
也许都无法改变现在已经干涸的河床

我知道
你所有的挣扎与放弃都是在自我保护
你一直都在爱自己
哪怕在最后的一刻

逃离痛苦从来都没有错
你背负着难以想象的巨山
一路上横跨巍峨峻岭

当心灵中一座座
撑起你的动力机轰然倒塌
一瞬间好像你孑然一身
眼泪却冲洗不掉那些伤口
你开始与世界松开双手
身体不过是一副躯壳
心脏跳动的声音好烦躁
因为灵魂似乎已经在濒死状态中
无数声音好像都在对你说

做什么都是徒劳
这是你的命运
你被这些声音左右
占据了你所有的心灵
我知道
你也不甘心就这样匆匆离开

那么
再一次重新编织生命之网如何呢
反正一切都已经消失殆尽
在眼前风景还没有被黑暗吞噬之前
让我们一起重新把海洋引入你的生命
让这场人生游戏重新开始
你始终都是自己的英雄
哪怕什么都不做只是活着
你就是自己的救世主
引领自己走到现在
都依靠于你强大的灵魂
你不知道
在这个世界上总有人在乎你
能活到现在其实总有东西在支撑你

答应我
从今以后

心灵里再小的伤口都不要忽视
不要等到遍体鳞伤再去治愈
希望再一次见到你的笑脸
在拨云见日之前
我会和你相伴
重建新的生命之网
总之我还想再见到你

龟与兔

兔子总是喜欢和时间赛跑
以为跑赢了时间就赢得了一切
故意调快十分钟的手表
比太阳升起还早的每一天
与生俱来就和跑步机共生的步伐
它永远在奔跑
奔跑去下一个目的地的路上

后来兔子认识了乌龟
它总是在夕阳西下望着落日沉思
在明月下与清风品茶
来去悠悠
白昼有太阳跟随
夜晚同星月入眠
乌龟从不理会时间
只是一步一步向前走着
每一天都那么漫长

龟兔彼此羡慕对方
各自走在互相交叉的路途
它们相约此后在山顶柳树下见面

多年后
兔子还是那个兔子
带着七十迈的速度随时冲刺着
它以为只要快，往生就能一劳永逸

而乌龟一如既往
走走停停
在岁月宁静处聆听风的声音
从不在乎输赢
只在乎能否感受每一秒的世界
不想错过每一刻云朵的瞬息万变

数日后
乌龟看见前方昏迷不醒的伙伴
昔日脚踩着疾风的兔子
原来闪电也会有枯竭静止的时刻

夕阳的残光缓慢流淌
乌龟驮着兔子

步履蹒跚
抵达约定下的杨柳树

兔子苦笑着说他输给了乌龟
乌龟只是希望能和兔子相伴而行
因为它总是很慢追不上兔子的脚步

多年后
兔子早早病逝
经年累月疾速奔波的它
败给了脆弱的肉身
它离别前留给了乌龟一纸遗信

世界永远在我们的心中
每一秒的时间
不疾不慢向前奔涌
我们也不偏不倚走在恰当的时区
在生命的洪流里奔涌不息

所谓疾与缓,输与赢
都在于我们赋予的意义
我以为只要快就能享乐
却快速地燃尽了自己的火焰
谢谢你,让我明白我才是时间的主人

新年新生

明天

我们所在的蔚蓝星球

又完成了绕太阳的一次公转

万家灯火之中

我们在平凡中辞旧迎新

所有流经的岁月未曾逝去

而是日积月累的时间累积

我们梦寐着的永远

在时光里逐渐褪色

但你可曾知晓

生命的计量不是从倒计时开始

而是从零开始的累积

数万个日夜里

在独立挺拔的生命之树上

每一片叶子都记录着分秒瞬息

它们不会随意落下
只要你还铭记着它
所有当下漫长的时间
蓦然忆起如一瞬即逝
可那些盛大灿烂的瞬间
刹那间便是永恒
只因为被你永久珍藏于心间
它不会消失
所以无论时间如何流逝
去完整每一片新生的绿叶
让它闪耀
让你的人生不虚此行

只有这样
许多年后回首过去时
才能够笑着流泪不悔青春
才能够问心无愧地对幼小的自己说
我有好好长大
有好好爱自己
当初所有的心愿我都帮你实现啦
所以你就安心长大就好啦
我是你的未来
会一直让你幸福下去的
让人生的每一格都这样流光溢彩

这样谢幕时才能笑着说再见

所以我们从来都没有失去过什么
而是每一天都在原本之上更加美丽

而每年的初梦之日
不是告别往昔
而是祝福未来
祝福在这个失控的世界里
我们能继续安然无恙地活下去

而插在生日蛋糕上的数字
有一年级时天真稚嫩的脸庞
有青春期里迷茫的泪水
还有昔日的点滴瞬间
所有的成长都是过去自己的总和

回头看看
那些小小的你一直在目送你长大
那些无法抵达的时间
从未过期

第三辑 比喻人生

游乐园

世界,这座游乐园
人们进进出出
活着的人手中握着生命的门票
所有人都正在死去
没有人能知道会留在几时

世界,这座游乐园
谁的指引降临于此
所有人在清晨第一次醒来
世界就在眼中
闭上眼就消失了
这是最神奇的魔术

世界,这座游乐园
清晨还需要领路人的那群孩子
已经乘着正午的日光飞跃在高空
他们已不再是从前的观光客

新的游客们等着他去引导
世界将由这些新的领路人构成

世界,这座游乐园
虽然偶尔会有狂风骤雨
但基本上是由奇迹编织的三千世界
如果你眼中有光
世界便到处光芒万丈
如果你眼中被黑暗晕染
世界也身处黑暗之中

世界,这座游乐园
一生只能踏足一次的游乐园
不要轻易将门票丢掉
请珍惜这来之不易的身躯

世界,这座游乐园
也许有些人还不知这门票是通票
自由自在可以遨游任何地方
尽情体验生命的极致
不虚此行

世界,这座游乐园
你所见一切皆为真实

你也无须思索命运在何方
也无须去多想身后的过去
当大地赐你长眠
只是又一个星辰回归宇宙

生命的模样

一句歌谣就足以唤起一段尘封的记忆
歌声中的一切栩栩如生
逝去的美好与伤痛再次在眼前铺开

曾经的自己正笑吟吟向我招手
笑意中游弋着思念的告白
无声地向我传达
昨日未曾到达的远方
和永远望不见的日新月异的未来
请替我实现

此去经年
昨日到今日,如此恍若隔世
最初期待已久的美好模样
此刻羽翼渐丰

斗转星移时过境迁

昨日可望而不可即的幻想
已然梦笔生花

在此浮生若梦中
我在每一次改变中死亡一次
又在蜕变中脱胎换骨

今天我醒来，我出生一次
今夜我入睡，我死亡一次
时间周而复始
每一天
在日界线开幕又在日界线落幕
只有白昼过得充盈，黑夜才能安然入眠

分分秒秒，日积月累
我就是由这些所有渺小的瞬间构成
熠熠生辉的记忆连成一片银河
每一颗都是价值连城的宝藏

从始至终
我不会忘记最初生命的模样
刚刚问世呱呱坠地的婴儿
生命从零开始又归一结束

我追随着岁月的流转日渐长大
背负的山脉也顷刻间屹立在身后
总有一日
我会如愚公一样
瓦解本不属于我的宿命
山脉也许不会祝福我
它的存在始终提醒我
内在的高山对应着外界的沟壑
向内探索，万物答案在我心中

灵魂的栖息地

1

曾经纯白的世界到现在的异彩纷呈
我们是自然之子
身上携带唯一的生命密码
每个生命体的诞生
都为世界带来了新的色彩
无可替代

爱赋予了人生的意义
生命赐予万物价值
我们是独自美丽的花朵
生根发芽开花结果
展开一个生命的周期
但是没有人知道自己是哪种花儿
时间会告诉我们真相

世界宽广无垠总有属于你的温暖

2

时光在蜿蜒盘旋中成长
每片土地都有它独特的色彩
培育一方有趣的灵魂们
人人都想与光芒为伍
想借光芒隐藏黑暗
压抑下的黑暗不会消失
它会见缝插针成为心灵的杂音
看见它拥抱它倾听真正的心弦
再黑暗的深渊也会发光
如果你愿意去探索珍宝

3

相信生命中所有访客都是一位良师
然后在爱中学会去爱
在伤害中学会自己疗伤
在挫折中学会战胜恐惧
而我在你的眼睛里看到真实的自己

你容纳我的光明
我又能在更广阔的天空自由伸展
你承载我的阴影
我更愿意探寻深处的灵魂本色
没有哪种色彩能定义我
一如漫天星宇我的世界也异彩纷呈
每一天都有纪念意义
一颗生命的陨落
又是一次绝无仅有的珍稀生命的灭绝
我们都是价值连城的宝藏
值得加倍珍惜

终点站

1 岁
我在妈妈的怀抱中坐上首班车
我对外面的风景好奇极了

3 岁
这一站
车上来了很多小朋友
我欣喜若狂,我不孤单了

6 岁
我要换乘小学站
要和伙伴们分别了
但我并不懂离别也许会是永别

10 岁
我开始珍惜当下
为了不后悔而竭尽全力

最后我发现
就算没到站与你无关的人还是离开了

12 岁
我在毕业典礼泣不成声
这次换乘真的记忆犹新
我在这班车上踏入了长大

15 岁
我在交往中接触了更大的舞台
我已经不会向后看
有了全力以赴的目标
想要快点抵达名为大学的终点站

18 岁
和同窗阔别后我独自一人展翅高飞
成年不是结束而是新的出发站
我要继续摸索跳进社会的交通枢纽站

20 岁
列车上乘客来来往往
缘分总是难以摸索
我在眼泪中忍痛成长
你永远不知道每个人会在你身边待多久

22 岁
身边的伙伴越来越少
我踏上了少有人走的路途
我以为这趟列车只有我一人
那些磕磕绊绊让我对自己产生了怀疑

30 岁
我发现最能信任的人只有我自己
那个人迹罕至的列车现在也热闹起来
我又不孤单了
幸好,我没有活成自己讨厌的样子

33 岁
久等多时,我也踏上了爱情的长途汽车
两人席,相依为命
窗外一贯的风景变得美好悠然

35 岁
生命中我带领一个新的乘客在列车落脚
看到这个小家伙
我想起自己初来乍到的兴奋

40 岁

在迎来高光时刻的同时
陪伴我走了四十载光阴的老前辈永远下车了
我意识到现在起一切开始做减法

45 岁
我步入传说中的中年站
这个微妙的过渡期
也是这段旅程质量的试金石
我开始加倍珍惜拥有的一切还有这副身体

50 岁
看着小家伙一天天长大
我回味着曾经的影子
那些路过的风景和路人遗失在上一站
失物招领处也找不到的青春

60 岁
人生的拼图渐渐完整
从始至终陪着自己的陌生人也是自己
窗外夕阳的落日预示着列车要进入终点站

65 岁
我有生之年迎来了儿孙满堂

一家人其乐融融团聚的时刻加倍地幸福
我不是一个人老去
我要抓紧最后的时间

70 岁
有时我会坐上从前的班车回味历史
我走过很长的路
很苦很难也看到硕果累累,我不虚此行

80 岁
目睹了无数次的生离死别
但既然有充分活过
我有理由相信这次下车又会是一次新的开始

90 岁
我变成了别人口中的长寿老人
每天像是与死神赛跑的幸运儿
更加留恋世间的一切
日新月异的世界只能让那些后人替我抵达

100 岁
时间的列车永无止境
人的一生就是一刹那
虽然没有买过这站的票

还想多看看世间美丽
但我注定要留在这里
成为历史的一笔一画
只要你还记得我,我就没有死去
仍然活在你的心里爱着你

答　案

万事万物皆是唯一
还有此刻的时空
还有迷茫的你
命运几经辗转又轮回到原点

你是一切的尺度
丈量世间的黑与白
你来自自然
是天赐的自由灵魂
你的眼中倒映着内在的一切
你觉得生命是一个捉摸不透的谜团
你的身体是宇宙的鬼斧神工
而心灵却是自己的造物
每一个瞬间你都向外移步
想要向世俗屈服
成为中规中矩的木偶
为了得到更大的自由

你还不知道
自由无法追寻
自由来自心中
是你亲自为自己绑上了枷锁
给人生处处绑上否定句
是你亲手掰断翅膀
害怕振翅高飞会毁灭万象
是你收起锋芒
畏缩不敢前行

只要你愿意冲出桎梏
囚笼的门永远是敞开的
走出去就好
人生的答案不需要从别人口中得到解答
现在用身体去打破沉默
像巨浪排山倒海解锁新的生命力

无为流动

1

是谁唤醒了沉睡的猛兽
苍茫乾坤之间
有什么超越了时间
纵观天地
俯视万物合一之奇观
你中有我溶于混沌
在是非之外的彼岸
眼前的一切是内心的镜像
我们居于彼此成为灵魂之核

2

升起又熄灭的能量球

终于出世进行光合作用
那是每个意志幸存下来的生命
因为被照进的光而枝繁叶茂
一旦沐浴过阳光雨露
嫩芽们天生便会突破阻力
无休止生长
一发不可收
长成自己的模样

3

生命周期轮回旋转
一切征兆都被写入亘古的时间
我,每分每秒变幻流动
我是由无数个过去的瞬间构成
也许是曾经的伤痛阻碍迈向远方的脚步
看见与接纳永远是最好的解药

恒常去爱抚心中的神奇小孩
聆听那些刺耳的声音
那是情绪的信使传递予你的心声
解读恐惧不安的真实用意
黑暗被照亮也会变成光明

五光旦夕

生命是连续变幻的光谱
我们的人生何尝不是色彩的历史

出生,从盛大明艳的赤色开始
从母爱的羽翼破土而出
暖洋洋的阳光里有爱的味道
一切都从红色缘起
空气中到处弥漫着流光溢彩

成长是橘橙慢慢向黄绿的过渡
直到褪去青涩成为大人模样
一点一滴在灵魂里渗透独一无二的五光十色

所有人都从黑暗中破土出世
所有人离世踩着彩虹的轨迹成为白光
无声无息照耀着此后的未来

时间千变万幻
我们迟早也会落入几次蓝色时期
在灵魂黑夜深处舔舐曾经的伤口
但就算再黑的夜里,也总会有倾泻眼中的星光
你终会翻山越岭,抵达憧憬已久的明天

最终的黎明抵达地平线之际,也是紫气东来之时

生命始终都在河畔里遨游
却从未定格在某一刻
与其他色彩交融
成为更新的颜色
每一秒我们都在翻新
在生命光谱上填染美丽

无论是谁
都会在某个瞬间爆炸内在的五彩斑斓
每一种色彩都代表曾经的时间碎片
流动在记忆里从未褪色
时间的微波瞬息流淌

脚下走过的彩虹旅途

每一步都指向光的尽头

我们生来便眷恋着这世间

总会在最美的色彩上添以更绚烂之笔

画之门

浓重的色彩下
赌上人生的所有
在这片空白的画布上
只染上专属于我的色彩

曾经漫无天日
顺着别人的梦想前行
在时间的流域里
看不见终点

想要消灭心中所有刺耳的音乐
只为追求想象中的桂冠
父母眼中的荣光
即使脚下流淌鲜血
只想让别人看见你也能飞翔

独自咽下的眼泪

拼命练习的疲态笑容
随波逐流的姿态
都是讨厌自己的样子
未曾想到过
心中从未燃起的火花
因为你笔下流转的风景而点燃

那一刻开始
人生第一次
眼睛和心连接在一起
全世界开始被染上新的颜色
之前从未留意过的美景
在眼中闪烁着柔光

凌晨都市的十字路口
醉酒的年轻人留下的臭味
夜幕刚刚褪去被黎明覆盖的寂寥
变成了一望无际的蓝海

把眼中的一切落下画纸的那一刻
世间万物都属于你

去开始打造一个新的世界
用纸作为两个世界的门扉

手中的笔是你的武器
色彩是所有情绪的表达
笔触是你的方向

通往你内心深处的窗口开始人满为患
大家都想听听你内心发出怎样美妙的旋律

你开始真正踏入艺术的岛屿
赌上人生的前路
从起点开始
你爬上了通往星辰的云梯
九重天之上,就是彼岸上的星辰
但是无须恐惧
前方有提着明灯的领路人
于是脚下的黑暗一点点绽放出鲜花
一路上
又想努力追上天才的尾巴
你想放下一切
仿佛又回到了原点

但只要回头看看背后丰满的羽翼
就像早已融于生命的火焰
别人的太阳就算再耀眼
也阻挡不了自己通往星辰的路

这个世界中不存在成功
也没有谁能够定义失败
快乐是唯一的信仰
你只要乐在其中
享受每一秒色彩和心灵的碰撞就好

你的力量永远都是心底不灭的火花
染在画布上的每一笔色彩
也赋予生命更多的斑斓芳菲

那些未曾注意的旖旎风景
还有亲友不曾说出口的烦恼
父母辛苦劳累的背影
还有很多过往的弥足珍贵
当这一幕幕刻印在画纸上
那是你对生命每一秒崇高的敬意
原来人生的每一瞬间都值得纪念
爱是最美的颜色
你也会找到属于自己的色彩

春回新生

奶奶说
脸上的每一条皱纹都是生命的勋章
我为什么要遮掩它呢

我们始终都是时间的主人
虽然短暂
但分分秒秒都是生命附带的内存条
这条看不见结局的路
可以越走越长
也能随时掐断,从零开始

却鲜有人沉浸于此刻的绚烂
大家都喜欢仰望爬上山巅的王者
还有云雾缭绕中望不见山顶的终点
还有随处可见浑身绑着闹钟的人

向上的每一步

无暇去享受的风景
四周只有死亡时钟的喧闹
还有从山上传来的呼喊
为什么没有在春天发芽
为什么没有在夏天开花
为什么没有在秋天结果
……
它无时无刻不在提醒你
人生的每分每秒都是赛跑
生命的节奏在被别人指挥

那艘驶向梦里的船
只有你是掌舵的船长
无论到达哪一站
就听听身体和你说的悄悄话就好
希望能在下一个春风拂面的晴日暖阳里
我们不再浓雾缠身
抛弃无处不在的时钟
活在自己的时空里
悠游自在
所有的一切都刚刚好

只要你愿意
下一秒就可以重启你的人生

不必等到下一个跨年夜
现在就去点亮未来的火烛吧
春回大地
今天我在心中升起一个愿望
许愿大家都能在浮生若梦中永远幸福

如果人生是首诗

在不久的将来
你终会等到
新的经历覆盖过去的伤疤
所有的伤口都会被阳光治愈

你永远都可以再次飞翔
长大就是不断和世界和解
然后慢慢爱自己
和过去的黑历史握手言和

未来的时间还很长
只要你回头眺望
原来你已经走得那么远
早已成为大家眼中最娇艳的花儿
谢谢你选择成为自己
无论是芭蕉还是草莓
大家都是最可爱的生命

这是活着最基本的常识

我们的人生本是一首诗
从灿烂开始
到幸福入眠
一切都不可思议
因为不知道何时会离开
每一天书写的内容
才显得格外珍贵

我们都是被回忆塑造的现在时生命
同时又被未来牵引着
我们跨越了无数个时空
突破了重重风浪
世间见证历史
在和平下珍惜每一秒的风平浪静

谁说每一秒的岁月不是奇迹呢
只要你在活着
这本身就是在书写名为奇迹的人生诗歌
愿爱能永远在世间流淌

灯烛成炬

周而复始的时间里
直到踏过无数个瞬息之后
我方才恍悟
人是一团迷雾
需要被光照亮才能看清自己

所以这一路上
我们都需要一个指引
家庭是土壤
父母是太阳
你是幼苗
爱是空气
我们就这样长大

收获一盏照射前路的光源
可能是灯笼
可能是蜡烛

或是自行车的车头灯
黑暗依旧无边无际
幸好有并肩前行的伙伴
还能搭上导游的小轿车驰骋
但借蜡烛的光只能看见脚下

只有站在巨人的肩上
才能眺望万里外的绿洲
也许现在你还不是巨人
但你能借由他的高度
看见世界到底有多大
路到底有多长
而你深藏不露的潜力
迟早会涌流滔滔
冀望最后会被我们染上色彩
回到我们的伊甸仙境

所有的旅途都终会归于尘土
可每条河流最后流经到何方
却无人知晓
只因我们比宇宙略小却宽广于宇宙
虽有世界地图的存在
但你的人生版图要自己去设计
你的迷雾需要自己去拨开

启动你的内驱力
从今往后只为自己燃烧

沿途中你可能会看见
有人可能在鸟巢里安稳度日
有人可能不断开疆拓土
路漫漫而美如怜梦
只要不熄灭那盏灯
尽管处处黑雾弥漫
希望却无处不在

也许你还是徘徊在新手村的菜鸟
也许你还在攀登最后几步的悬崖
凡事都有第一次
你要笃信
无论再青涩的果子都会有成熟的那一天
无论再奇异的花朵也会有绽放的那一刻

做自己的老师
让小火苗成为灯塔
做自己的父母
学着像慈母一样爱自己
做自己的编剧
拿起笔书写自己的人生剧本

徜徉在盛景游梦中
谱下自己的歌谣
在主旋律里配上梦想的和弦
在春天的节奏里演绎一曲风歌
你的火炬燃烧着歌声

第四辑 万物皆诗

呼 唤

生生灭灭
这就是宇宙
如果末日来临
一切都会消失
那时间也将失去意义
究竟哪个世界存在所谓的永恒

你在哪里
我在寻觅你
如果时空能够塌陷
两个平行世界能够相交
那我们就会如愿重逢吧
那样我也会找到自己

我总是徘徊在
经久不息旋转的无垠星河之下
朝夕与日月无光的黑暗为伴

世间万物都在发出它们的声音
只有我身在无声的真空里

一想到你在遥远未来里等我
表盘上的时针开始倒计时跑得飞快
可我来自深渊
来自那个连光都无法逃逸的地方
却奢望和你在银河下漫步

怀念曾经穿越茫茫宇宙
寻找孤身一人的你
你身处险境却无人问津
我向你伸出手
你的笑颜直击我的心脏
我还不知晓那笑意背后忍受的剧痛

原来你分分秒秒都在高速旋转
在引力的作用下
每一秒你都在爆炸后又重生
反反复复你依然不知疲倦
我想要试图穿过你的大气层抵达你的磁场
只想去亲吻你
那之后我被你吞噬在熊熊烈火中
身体被分崩离析后归结于尘埃

我抵达天堂
我只希望你能记得我
也许爆炸不过是你生命中的一次心跳

我会在另一个世界
一直发出呼唤
石沉大海也罢
我笃定你我总会相遇

百果树

我,最大的夙愿是成为一棵百果树
这虽然看似遥不可及
但我却以它立为我的终生使命

百果树上,苹果不是唯一生长出的果实
想我所想,尽我所能
大树会在时间的累积中孕育万物

大树即我的生命
它也会生根发芽,开花结果
萌动的生命力,世界会见证它的成长

我,看见过夏天的杨柳
也见过热带雨林的椰树芭蕉
看过落英一瞬的万叶樱
还有硕果累累的秋树

我，却不想成为任何一个
只想将万事万物吸入囊中
成为我一生的养料

奇迹的降临

我不是沉迷文学
我只是喜爱那有温度细腻入微的表达
让迷失的心灵总能在文字中找到归宿

我不是美术的教徒
我只是对超越时空的名作里曼妙的神迹而神往

我不是音乐的中毒患者
只是无论身在何处,都会被仙乐的旋律唤醒沉睡的自我

我不是电影的瘾君子
我只是在电影的次元世界中,无意中度过了无数倍的人生旅途

我的信仰也不是心理学
我只是在探索自己的路上,与世界渐渐和解

我并不是因为宇宙的浩瀚而痴迷天文学
只是因为宇宙是万物的家
也是一切故事的起源

万事万物它们都在呼唤着本音
宇宙的呼唤没有间隙
这个世界一直都等我们去探索

潮起潮落,星潭九尺
银河的尽头里那些摇摇欲坠的流星
在人们的祈祷中
下落　旋转　消失
它在无数双希望的眼瞳中死去
却在我眼里被奉为奇迹的降临
那一刻我终于抵达至临在

来自艺术的福音

艺术赐予我的不仅是享受
还有救赎心灵的福音
带我离开孤独的深渊
去往外界精彩的世界

每当心中忧伤无处排遣
全身心随着情绪跌入潜意识的泥沼
在歌声中我无意中遇见自己
在画卷中我看见久违的梦想
在无与伦比的心境下

我的耳更轻易捕捉那些有生命的旋律
我的眼更敏捷去寻找那些绚烂的色彩
我的鼻哪怕闻到再平常的气息也会落入回忆
点点滴滴,皆能触及我内心最柔软的地方

我的灵魂一直存活在现实与幻想的美丽夹缝中

不断在两方天地汲取养料

今天也不要压抑自己的活力
快去心中的艺术殿堂注入能量吧

眼鼻嘴

我用眼睛说着话
鼻子唱着歌
而嘴巴
却无话可说

我的脑寄宿着别人的声音
心灵却无法呼吸
心儿想说的
都藏在眼睛里
我害怕
一张口
灵魂就从空气中溜走

大　地

我紧闭双眼紧紧抓住现在
努力不去回顾过去和深想未来
每一个此刻都是未来的铺垫

当我坐上飞车　冲向云霄
一切已经无法回头
时间的长度仿佛肉眼可见
一切都在轮回中不断重生
即使我不是孤身一人
即使我知道一切总会结束

憧憬的绮梦都在彼岸开花
谁知未见晨晓的日光之前
心却迷失在自己设计的迷宫中
云霄那边的彼方竟是幻象
所有归途都在遥远不曾相忘的初心

当指针指向爱的那一刻
我俯冲于云海想要回归大地
你会一如既往成为大地
稳稳地接住我吗

望日葵

曾经我渴望奔向的太阳
今天已经成功着陆
在太阳的大地上让种子开花
从零到一是奇迹的起源
也许新生的花儿还很娇嫩
却是属于她自己绝无仅有的结晶

可播撒种子的老园丁
却总也填不满他的贪心
总是希望用一滴水灌溉出满园的花海
寥寥无几的花儿被向上拔起
土壤被流水淹没
日夜不休挺拔而立
满簇的花丛只留下死亡的花骸

老园丁失望而去怨天尤人
冬去春来

在万物复苏中
那片废墟的角落
又盛开了倔强的希望
在混沌中生根
沐浴日光迎春吐花

只要有一朵花能绽放
满园的芳菲只需守候
花苞自会盛开

火　焰

想象火焰是温暖你的力量
而不是吞噬你的鬼火
普罗米修斯赐予人类火种
却没有点燃心灵的火焰
于是寻觅心中的火焰就变成了一生的使命

最初人们借怒火做生命的燃料
可冷却下来竟一无所有
那颗冰封的心还是纹丝不动
火苗在狂风下气息奄奄
直到你敲开了"我"之门
重新点燃"我"的火焰
奈何星月斗转
习惯了日久的冰冷
久违的温暖犹若梦寐
生命的光明一旦为自己点亮
灵魂总会生生不息无尽燃烧

"我"会走在时间的前方
等待下一个"我"
像你那样传递圣火
不在黑暗中翻滚
只在光明中处处生芳

银河之下

它是格鲁吉亚春日里,神鹿每一次的起舞跳跃
在快被遗忘的莫克沙的语言里
如果她们说银河
她们看见的是朝天尽头奔涌的百鹤之路
那是只要穿越流彩极光就会抵达冰岛幻境的冬日之道
在古老的库尔德一族中,每当夜空中打开一条路
那必定是偷稻草的贼逃跑留下的痕迹

因为有这条流淌牛奶的海洋,马拉雅拉姆的姑娘每夜伴着甜蜜入眠

望着同一片星空的印度人心中,那是能够幻想最美恒河的具象化

在白俄罗斯的土地上,无数鸟儿想要南飞归乡
那条天路便是神明特意为群鸟开辟的回家的路
如果你追随一颗流星,和它一起路过丝绸之路
你会随它抵达这片遍地瑰宝的华夏土地
那里孩子的眼瞳中,每夜熠熠生辉的天宇

那是由亿万颗星辰聚集而成的繁星川河
照亮每个人的梦,疗愈过去留下的创伤
每到黎明来临之时
它又会从夜空飞流直下,落入九天之中
它的存在总能时刻提醒遥在远方的游子
回家的路就在眼前
我们没有走远,宇宙是我们的归途

因为我们都是宇宙的孩子

春日颂

阳光从南回归线随着鸟儿回到北国
我追逐春风去叩响故乡的门扉
漫长的冬夜终于落幕
迎来初春的降临
快从美梦中醒来

窗外流动的彩虹
每一场春雨都在呼唤还在冬眠的你
新的生命又在春日里诞生

神明送给我一粒种子
正因为不知道会收获怎样的果实
生命因而才有意义
我播撒给自己的心灵沃土
然后陷入了无尽的等待
每一滴泪水滋养了幼苗慢慢长大

愿每一粒种子在雨水的洗礼后
都能被阳光沐浴
所有的繁花都是因被爱而绽放
因为爱,即使会被三月的风霜捶打
依然会因为心中有爱能向阳生长

所以不要放弃继续长大的心情
我们的人生是一场盛大的狂欢
伴着春天的前奏快去享受人间芳菲
每一天都是一首崭新的歌谣

繁花绽放的季节

1

一切的一切都从春天开始
四月的第二天
第二次的人生就此启航
拂晓的日光下
一路向东翱翔在春日的湛蓝

从窗外蔓延进来的春暖花开
落在手心的花儿
扑面而来希望的气息
万物好像都爱着我
所以我也想试试自己能不能闪耀

2

摘下一颗草莓
品尝春天的味道
伴着五点钟西落的太阳
结伴而行的云朵们蹁跹起舞
即将下班的太阳也要加入派对
落日穿越层层云海
绿蓝紫还是跑不赢天生就是画家的夕阳
所以今天的天空依然被红色点燃
直到被月光照耀而熄灭
脚下的花儿说也想在春天继续灿烂下去

3

清晨,打开一扇门
让心灵去呼吸花香
然后推开两扇窗
让所有春意盎然
倒映在通往梦境的河流
飞鸟会跨越沧海

踏入回家的旅途

在冬天凋零的奥赛烈斯
今天在春神飘荡的流风中新生
一整个寒冬静止的溪泉
也在跳跃的日光下破冰而出
史力奇的口琴里流淌的音符
唤醒了整个春天

4

鲁米今天也踏入他的果园
莫奈是不是现在和
他的睡莲惺惺相惜
毕加索好像还在蓝梦里徜徉
我已经提前出发
去等待春天的再临
二十三岁的春风有点甜
我在无尽世界里寻找一颗沙
还不想迷失在那片绚烂里
春天是夏天的伊始
我和你的故事刚刚开始
每踏出的一步
都会扩大我的人生版图

今夜,和宇宙起舞

亿光年外的星光
穿过层层星云
无声无息　照耀着夜空
我们也在闪烁着
在每分每秒的瞬间
也许现在还只是火苗
也许还在彷徨和迷茫
每一盏憧憬星辰的烛火
终会蜕变成太阳
日以继夜
星河流转
你已独木成林
与光伴舞

夜空的璀璨
都市霓虹的斑斓和万家灯火
所有美景的诞生

都因为我们而闪耀
你找到了我
即使我散发着微光

我看见了你
在茫茫天宇之中
我们感受着彼此的光
爱成就了色彩缤纷的世界
我们虽然渺小但依然闪耀

我们都印着宇宙的历史
我们都是星辰之子
八十亿颗星辰共同点亮着
八十亿个奇迹的世界
八十亿种人生和无数个美梦
我们都是彼此路上的太阳
愿爱给予光明
我们虽然青涩但充盈希望

华灯之上　银河之下
我们眼中流淌着未来溪流
荡漾着永恒的满月

名为我的光，名为你的星

我们相聚即是宇宙
永远去爱这个世界
爱一切如其所是
我们脚下是辽阔的宇宙
继续旅途不只在今夜

盛夏伊始,要活成一首歌

1

漫长路途即将结束
世界今天开始重新营业
灯火霓虹重新为黑夜伴舞

我们可以解开桎梏
重拾最初的自由

身体里明明住着一片汪洋
却总想向外找寻更多的海
和与宇宙的联结
自从我忠诚于自己时
我发现宇宙就在我心中
你的内在,无所不有

2

想要留住这一抹长夏
跑完这一程马拉松之后
会迎来渴望中的自由吗
会遇见云层之上的自己吗
明年今日我会在哪里醒来
下一个故事又会如何开始

人生是一本书
我却怎么也读不懂
就连自己本身,也是谜团

塔罗牌指示下的未来
命运的指针又会转向何方

总之还要继续走下去
选择心之所向的那条路
遵从迷雾里灵魂的指引
下一个彼方还在等着我

昔日逐渐远去

我们憧憬的初夏就此开幕
仲夏夜不再是梦
曾经抓不住的星火
明天就会落地成光

考试有唯一正确的答案
而眼前的路
每一步都是正解
所有的谜底
只待浓雾散去
回望指针划过的冗长岁月
所有的碎片才拼凑完整
原来这就是我的生命图腾

盛夏再临
弥漫潮湿芳香的梦夜里
每一秒　沉浸在全然的音乐里
每一段旋律都撰写着传奇
跌宕起伏中都闪烁着人生乐音

生于浪漫

1

夕阳把自己的一抹色彩送给海浪
于是海浪有了颜色
神明赐予世人以星光
月亮就不再孤单
我撕下布满光芒的结痂
低头吻下伤口　从此战无不胜

将夜空中倾斜流淌的星光泼洒在全身
我们也是小小的星辰

在星云爆炸之前肆意地起舞
坐上千纸鹤逃离地球
星辰都在掌间联结成网
你送给我永不枯萎的小行星花束

仍然熠熠生辉

只是小行星带花丛里少了几声欢笑

2

你看到过风的形状吗

闻到过什么是爱的味道吗

品尝过夏天的薰香吗

你能听见我的心跳吗

年初的睦月是

烟花绽放后的焦糖味的初梦

而初春的三月是

空气中弥漫着整个春日的莺歌花语

湿淋淋的梅雨季是

随处盛开无数个蓝蝶聚拢的紫阳花

浮世之中

我来自一朵从梦中醒来的睡莲

一梦一夏天

夏日永远不会结束

一如往昔

少年总会像楚门一样离开蓝色大门

寻找新的自己

3

我今天又看见太阳偷吻了云朵小姐
所以今天头顶的夕阳被染成金黄
他们相拥的一瞬间
所有的风都旋转起舞
所有的光都从天上流淌倾泻而下
我就这样活在每一个浪漫的此刻

4

每一个月升的清夜
每当你在仰望夜空
也许你可能看不清
月亮在苦等着黎明
等待着日出的一瞬
月光和日光一刹那的交织
爱总在黎明起始
每一颗晨星都是烟花
抓起一把月光
让夜晚的月亮跟着你

然后在落日时分融进阳光

5

聆听世界的声音
关上灯让所有音乐充满我的世界
人生正逢好时光
所有甜梦都跃然纸上
这世界终归是个容器
每时每刻都在肆意生长
天地之间,有容乃大
春繁芳菲尽是这个世界
阴霾吞噬天光也是这个世界
可我们依然还是爱它
爱这个孕育过我们的世界

萌　芽

在你的心里有一颗种子
无欲亦不灭
它能长出最美的花
也能酝酿出骤雨风暴
即使在最干涸的大地之上
种子依旧扎根始终
静默中俯瞰着无尽人间事

最初
种子在阳光中沿着天际生长
夏风中在花蕊旁低吟浅唱
花序始终望着太阳随东西行
仲夏时节种子长成了向日葵
逐渐生成太阳模样
每日回到东方跟随太阳启程
周而复始　夏花已落
田野里已炊烟袅袅

种子结束了向日葵的日子
现在它是无根摇曳的蒲公英
追逐着候鸟一路向南
飞跃过青空游荡过海洋
漫漫长路却没有终点可寻
原本是想逃离束缚
却终日在混沌中流浪
种子想要寻觅一处家
不是沙漠,不是海洋,不是黑夜
它周游三千尘世
在春回大地的季节
因为你的呼唤
那颗流浪的种子终于回到了家
再次聆听光的声音

爱是汇进大海的两条河流
常常去看望内在的种子
把它带到太阳之下
感受爱的沐浴
记录每一天的成长
此生不离不弃

遨游宇宙,和生命对视

万物生于宇宙之卵
从宇宙胚胎中孕育而出
我们来自宇宙,宇宙即是我们本身
奇点能够孕育新的宇宙
可都不能称之为生命
宇宙内只有混沌与黑暗
四种互相撕扯看不见的力量
神说要有光,光芒便接踵而至
漆黑之下,亦无时间的存在
只有胡乱自由运动的微小的粒子在玩闹着
夸克,中子,电子,原子
从第一个出生的元素氢开始
静寂无边的世界开始热闹起来了
宇宙慢慢长大着
从此星星们从黑暗中诞生

而幼小的我们为何诞生于此

我们和所有生命的本质一样

夜空飘移的繁星也好

呼啸流转的微风也好

向阳生长的花簇也好

还有落在树枝上觅食的飞鸟

每一天嗅到的第一缕空气的味道

生命即是变化

我们能与宇宙邂逅

也许是神明看见我们的潜力

说不定有朝一日解开世界谜底的就是我们

我们都获得相同的时间

在这场游戏里

谁都可以成为任何想成为的样子

寻找本真和黑暗里的影子

日月亦会落幕

我们自会寻觅到生命的谜底

第五辑 爱的盛宴

繁星的相遇

我跋山涉水终于抵达这里
终日苦苦寻觅
在此生有幸与你邂逅

当我爱上你
我就开始变成你
我们在彼此中找寻真我

我感你所感
想你所想
世界就这样融于一体

现在方才醒悟
我们的相遇
就像茫茫繁星的交集
宛若神迹降临那样
可遇不可求

就像今天依旧降临的黎明

还有眼前所见的世界
真实又璀璨
却从不缺少流光溢彩的绚烂

描绘时光

紧张的日子里
分秒都刻不容缓的时间齿轮
在追赶光速中疾跑着

我就在那齿轮之上
与时间赛跑

奔着那遥不可及的星辰远行
是因为想要成为与你同行的光芒

总有一天也能温暖谁的心

只是一切渐行渐远
心却越来越坚硬
铜墙铁壁透不见一丝光芒

每时每刻铺天盖地而来的纷扰

麻痹了纤弱的神经
总是忘记还存在温柔细腻的心

可来自你在耳畔轻吟的低语
总能治愈我全部的伤痛
等暮色渐入蓝夜
故事随梦戛然静止
我又描绘起彼此时光里的斑斓
就仿佛你从未真正离开过
你是我世界里可以战胜一切的太阳

若是光

若是光
你不会逃离至幻象之间
我只能祝福你能如愿飞至彼岸

若是光
你会欣然接纳拥有的一切
也许能和我一起打造闪闪发光的天堂

若是光
你就会像流星一般落在指尖
点亮我的心

你来的时候
我的天空迎来了四月天
心里沉睡的小鹿再次活跃起来

于是

我沿着你的足迹
踏入心跳加速的冒险
我走的每一步都是因为你

谁能说我没有倍加珍惜这时光呢
但终究还是转瞬即逝
可你身披月光寻找玫瑰

现在你是天上的星宿
你我再不能相守于同一旁天秤之上
若想见你
必须携带十足的思念
潜入梦境

即使如此
我还是会和希望一起等你
也许会在下个夏天
你翩跹起舞
只为我而来

致我最亲爱的挚友

苍穹之下
俯瞰的视角
雪白的大地肌理
千变万化的地貌奇观

我迎向你眼中
映射出大地上的旖旎山水
再一次眺望海岸线的日落
看着太阳一点点回归地平线
我的心也逐渐下沉

天空的云朵加快速度变深
趁着真正的离别钟声尚未来临
我还能尽量保持微笑

虽然此刻你还在我身边
我仍然无法释怀

心底里疯长的怅然若失
你我相伴的日子快要走向终点

即便心有不甘
我也无力阻止时间的流逝
力所能及地只有铭记现在
纵使一切会在未来被遗忘得一干二净

害怕的不是以后我会失去你
而是担忧今天之后
我会不会在你的心中渐行渐远
直到那些共同的记忆一一变成残像

我们从初识到分别
所有只属于我们的故事
是我一生中最闪耀的时光
我会一直铭记在心间

亲爱的朋友
荣幸能和你相伴度过这段美好岁月
希冀着一直一直驻扎在你的心中
祈愿以后也长长久久陪伴彼此

自心深处

在黑夜的路上徘徊
不远处虽有光的踪迹却遥不可及
遍体鳞伤的心灵忍耐着冰封的孤寂

再忍耐一下
又压抑一份升起的渴望
心中一刹那烛火熄灭
轮回往复我坠入深渊

深不见底的巢穴里来自你温软的手掌
飞越了无生息的孤岛
你直击我心深处

是第一次被聆听模糊的心弦
是第一次被注视内在的波澜壮阔
是第一次体验到无条件的依恋

一切光与暗在你的目光里洗礼升华
就连荒漠中也能长出明媚的花朵
成千上万来自你的祝福都美梦成真

风雨阴霾有你的拥抱
晴空万里有你的赞美
你一直是我能稳稳扎根的大地

万物生而美丽
我幸而在数万星辰里与你相遇
寻觅只属于我的温暖

你不是我的亲人
不是我的朋友
也不是我的爱人
只是两颗心灵之间
共肩成长的一路相伴

日复一日在婵娟的眼底之下
伤口终于填上斑斓色彩
前方的荆棘也被斩草除根
天高任我飞的时刻在即

我开始爱上自己

溪流汇入海洋
我是芸芸众生中的璀璨
一直是你教会我
如何心无旁骛在爱中陪自己慢慢长大

岁月笙歌

1

不想让快乐全都定格在冬天
去年夏天没有播下种子
却还盼望着开花结果
花田的向日葵被雷雨湮没
台风会过境吗
飞鸟会回到属于她的巢穴吗
九千尺的高空
十万里的大洋
穿越海洋嗅到六月的丁香
缘起的线联结着谁的指尖

2

在岸边走走停停
拾起田螺听海的声音
星光微漾
幽黑的海水漫延过潮坪
心中的寂寞疯长
遥想阳光的绚烂
却隔着静谧长夜

想念远方的烟火气
想念去年芒种时的欢腾
想念昨天还在身边的你

恍惚就能想象到昨夜绽放的花火
定睛只有苍白的星夜
零星又觉得回到从前
美好得仿佛是梦里的假象

还在等待日暮的来临
还想依偎在你的怀抱
只想重新回到往日的岁月笙歌

以你为名的爱

小时候
我不懂那份爱的沉重
一切都认为是理所应当
你愿意把最好的给我
无论窗外是风雨还是晴好
你都会为我全副武装

自我诞生起
我便被你念叨着无价之宝
可你的爱总是深沉又隐晦
所有的言语都用行动来表达
那句说不出口的我爱你,宝贝
变成了多加衣服,按时吃饭睡觉

你的爱是火热的
是太阳,不论身处何方
都永远能感到独属于你给予的无尽温暖

但是在他们心中
我才是太阳
无时无刻不强有力地牵引你的心
越长大越能明白
那份爱的珍贵

这些无价的爱
不会随着岁月稀释
渐渐被遗忘

那些习来的温柔我会传递始终
那些用爱编织的记忆往昔
成为我的养分
我会像你对我那样爱自己

你总是强调我是你的骄傲
我获得的荣光
你总是比我还欢喜

每当从风浪中逃回家时
你还是笑着说
你已经很棒了，累了就回家
什么都不用怕，我就在你身边

我在你的身边
果然你在的地方就是我的家

来到这片土地已经二十余载
每年我们都常伴在一起
踏遍世界,体会人间烟火
直到这漫长的三年
让我们两地相隔

你不在的日子里
思念都寄宿在每一次通话里
你的声音赐予我信念
我想象过无数个重逢时的画面
在梦里或在思绪里
思念也会是动力
再次相见时
你会如愿看见
成为自己英雄的我

致亲爱的自己

祝贺自己安稳顺遂
又走过了一个四季
孤身只影向前奔去
就算眼前只有微弱的星光

总是笃定奇迹就在不远处
还有灯火阑珊处为我点亮的温暖
横跨无尽的孤独日夜
曾经稚嫩的羽翼逐渐丰满
摩拳擦掌想要冲向苍穹
昔日弱不禁风的嫩芽
也能成为温暖谁的明灯
一次又一次危难之中
都是我用坚实的羽翼保护了自己
愿我们都能慢慢长大

夜明珠只有在黑夜中

才能显露自己的光芒

我们都是宇宙之子
与生俱来就会闪闪发光
就像每一颗星辰都无可替代一样

心境的迷雾已经消散
只有看见自己
生命的谜底才会明晰

风和日暖
用眼睛捕捉美好
梵我合一　深入灵魂发现本心
一切都在内在的镜子中呈现

谢谢自己
愿意勇敢面对每一次挑战

以后也要请多指教!

永存于净土

我们讲述着世界的故事
你是我的镜子
映照着内在的真实

我们哼唱着生命的歌谣
一切关于世界的秘密都刻印在心底
口中呢喃着爱的话语
直到疫世将我们分开

曾经相生相伴的我们
虽然永存彼此的心尖
在这陌生之境我混沌中迷失

我到底寄居在哪里
我不曾呼吸在空气中
也不在水里
远离了荡漾涟漪的天空

我是远离故乡的浮游生物

体会形单影只的寂寞
每日每日
将夙愿寄托于梦境和星月

祈望在悠扬的风中掀起波澜

我只想向你奔去
就算放弃一切
只要能见到你
在所不惜
想要在你深邃的梦境中登场
想要成为你日记里斑斓的回忆
想要和你一起奔向幸福的甬道

而我从不是围着谁旋转的星星
我本生而自由
游走在时间之外
穿梭在茫茫宇宙

浮游生物一样
飘浮在半空中
一直在寻找向往的净土

直到你把我拥入怀中
犹如金星伴月
幼苗寻到了根

所以带我逃离此地
逃离这无法呼吸的真空容器
只要有你在不论哪里都是极乐净土

一路繁花

仙境里　我在如梦如幻之中苏醒
在寻找缺失自己的路上
与起点渐行渐远

不知身上的无底洞能用什么填满
纵使家财万贯也只感虚无
而身披的荣耀也掩盖不住心中的郁结
总想赛过时间

听到万千喝彩
可身披华彩的你
是不是遗忘了住在内心的小孩
他就是我
所有的欲望都来自他的诉求
也是那个常年呼风唤雨的无底洞
他的哭泣就是我的悲伤
他为我的哭泣而流泪

他为我的喜悦而微笑
是他让我没有忘记家
那是孵育爱的沃土

亲爱的追梦少年们
无论走多远都别忘记回家的路
无论多大也不要忘记自己曾是个孩子
追寻星辰的旅途中
无论何时
即使拼尽全力两手空空
母亲总会张开双臂在家等你归来
你的珍宝也许是满天星斗
可对于母亲而言
你就是无可替代的无价之宝
我们一路伴着繁花走上长大的旅途
顺着春水向阳而生
而母亲总是留在原地期盼着我们

而我们心里长不大的那个孩子
现在换成我们成为自己的母亲
在心灵腾出一个时间
找回逝去的童心时刻
别忘记
我们生命最初的模样始终是孩童

是爱滋养我们长成参天模样
再强大的生命都需要爱的哺育

感谢神明把爱和母亲献予我的生命
曾经一直寻觅的幸福
现在触手可及
那也许是指尖上的一点盛夏绚烂

伴随夏花盛开
请问你的生命今天是否一直五彩斑斓
时间悠悠流转　日臻美好
踏遍繁星我始终在传递经久不息的光

随光南飞

这一刻
我终于不再感到孤单
是因为有你们在身边

谢谢你们
陪我走过淙淙流淌的岁月
候鸟终要南飞

我们都是
奔向明天的孩子
长夜的尽头是
下一个梦想的开始

四月天　含苞的樱花
今天也在积蓄力量
努力在春天留下最美的痕迹
昔日昂首仰望太阳的雏鸟们

已经立足于山巅之上
所有的回忆和蜕变
全都刻印在时间里
期待着下一个征程

我们相遇
是神明赐予人生的礼物
在每一帧画面里
点燃生命的火花
所有的路都通往星辰
常怀炽热的心灵
永远活在爱中
成为自己的英雄

我们渴望天长和地久
热爱让我们相聚于此
为寻找心中那束光
也想去成为谁的太阳
世界纷繁而明媚
形单影只流动的星星
直到遇见了彼此
满天繁星才能汇聚成海

伴着日出萌芽

伴着日落开花
愿我们的树冠
永远伸向苍穹
树身稳稳扎根在沃土
仰望高空时
铭记最初的愿望
眼眸依旧清澈和明亮

一眼如一梦
一霎过七载
咽下的眼泪
已经成为养料
助你长成参天模样
追随星光的路上
不要忘记
身后已经丰满的羽翼

生命之歌

是你拉我进入爱的隧道
继续用时间描绘永恒
我爱你这件事
早就刻进了基因里

今天我的身体宛若蓝海
因为你曾经赐予了我一片蓝
现在我想和你一起眺望这片蔚蓝海岸
然后在身体里画下一条银河

我们都不愿长大,想定格在此刻的永恒
留住每一片彩虹,盛放每一朵夏花
可是因为遇到你
我却想要按下电影的播放键
想要和你探索下一个奇迹

人生的缝隙之间

四季的流转之间

冬去春来

每一年地球又绕太阳走过一圈

岁岁年年

你的歌声就是我生命的旋律

每一个音符

每一句轻吟浅唱

都精准地直击我灵魂中最柔软的深处

希望这场一个人的梦能够快点醒来

看不见尽头的梦里

只要给我一点星光就好

就能引领我离开无尽的黑暗

你却像地心引力般将我拉回那个夏天

请再靠近我一点点

我再也无法控制自己疯长的心悸

在你给我的梦境里越陷越深

耳畔里听到的都是你的心跳

是比子宫更温暖的你之大地

你说听你的歌

要拒绝一切挫折

你说对你而言我是你的宇宙

但在我心里
是不是因为我以前真的拯救过世界
才能在这漫漫人生中遇见你
就像已经认识了多年的故友
你的声音依然能够抵抗一切阴霾
化身为炽热的阳光融化了心灵的冬天

我以前以为这世界没有魔法
直到听到你的歌声
才知道塞壬和缪斯不是传说
因为你就是她们的祖先
是用歌声治愈一切的神明
用歌声统治世界的国王

谢谢你点燃我心中微弱的火花
然后变成迅速燃烧的野火
朝着彼岸朝着梦想
原来我生而有翼
原来爱总是无处不在
原来是你用歌声将爱传播到每个角落

它会在彼此相遇中悄悄萌芽
它是今天的世界色彩缤纷的原因
不论是在月食之夜

还是在一场盛大的马戏团狂欢中
圣诞节的欢笑声里
我的生日的许愿里
你的声音永远都是我维生的氧
我爱你这份秘密
终有一天会凝结成冰
游走在记忆的岁月里
永垂不朽

当你的歌声再次响起时
不息的生命之河的暖流静静流淌
那一刻我甚至忘记了呼吸
我还听见了同频跳动的两颗心脏
一切嘈杂全部休止

我只是听了你的歌
却得到了一整个宇宙
我们还有无限的时间
继续描绘只属于你与我的歌剧人生
人生盛大灿烂
感谢你降临在这个时代
用爱的声音一次又一次温暖了这个世界

无尽夏夜之梦

伴随着流动的钢琴音符
闭上眼往昔历历在目
回忆逐渐褪色
无声的黎明
因为心中流淌的那片海
我长途跋涉抵达云端
循环往复　游走在回忆的时间里
蜷缩在落泪的长夜里

你都在我身旁
被太阳灼烧的铿锵花朵
也能找到属于自己的根茎
你无法想象生命的强韧
花儿只要有太阳和水
就能满足地盛开

曾经的流云灼火

现在竟只手可触天涯
而我却越发恐惧
终于找到迷宫出口的我
在路途终点会看到你吗

初夏的潮湿
洒水车流下的一尾彩虹
你误入我的心里

在我干涸的世界尽头
你是甘霖能够浇灌一座绿洲
你永远珍藏在我的夏日
我会一直寻找
直到在迷宫的出口与你重逢

归 宿

许多年后
一切都会四散而去
记忆也会凝固成冰
可我依旧会留念每一刻
从那年芳菲满园的初春
到走过三百六十五步的今天
岁月流转
我庆幸你依旧是你
你所在之地依旧是我的故乡

永远定格在那日光下蜜糖般的笑靥
你品尝过世间苦辣
却依旧选择成为治愈我们的糖
我在世间寻遍了太阳
神明为我送来了你
从此万物开始光辉璀璨

青山不知自己的巍峨

卿云碧霄之上还有银河繁星

尘寰沧桑　路就在脚下

梦都会着陆

来自心的指引总会找到那满园春日

所有的星星也会找到归属

有朝一日

千里之外　鲜花会在荒芜里绽放

你也会看到仙境里的熠熠星海

而我在寻觅你的旅途中

遇见了自己

笃信明日的太阳总会翩跹而来

只有在白昼才能为黑夜添织更美的色彩

曦和不落

你是我心中不落的太阳
也是我眼中不灭的光芒
你是我岁月中经久不息的生命溪流

我知道在太阳系之外
还有无数个发出耀眼光芒
孕育无数生命的恒星

曾经你是世上独一无二
坚不可摧的宇宙中心
无论是来自何方的天体都会围绕着你而公转

终有一天
我会离开太阳系去遨游宇宙
那之后新的经历将我重塑

——太阳,你也不过如此呢

远方的那么多生平未见的旖旎风景
还有更多比你更加光芒万丈的星宿
我一度不那么珍惜你了

长沟流月
我终于踏遍茫茫星河
穿梭于看不见尽头的宇宙
我想念你的明暖

我走走停停到处辗转
又回到最初的原点
——有你在的太阳系

此刻我恍悟
你只存在于此
是整个宇宙唯一的太阳
也是我的唯一

即使我们总是有八分钟的滞后
只要还能继续从十七光年外感受你的光热
就是幸甚至哉

即使你是这样的庞然大物
我也能感受到你的柔软细腻

每一个有你出现的日子
都是值得纪念的节日

日升日落
你从来都是我心灵的归宿

夜游梦境

总有一天奇迹会成真
我穿梭于梦境
小心翼翼跟随着心灵的步调起舞
我想和你们共同描绘新的故事
沙漏里流逝的茜色时间里
用笑容遮掩眼泪
平凡的脚步一路踏至抵达繁星
你们宛若满天繁星倒映所有世间美好
看遍所有光景唯有你们让我停下脚步

曾遗忘的梦我会继续描画
如今回想珍贵的瞬间已变为财富
模糊的记忆一点一滴将我唤醒
方才明白我是所有体验的总和
悠悠长夜已经过去
崭新的旅途在等待着我
为什么唤醒我的生命力

与孤独做伴的无数个昨天
在别人的凝视下
咽下泪水坚持着
总相信长夜会流淌向黎明

如梦一般遨游在蓝湾
打碎写作欲望的厄里斯魔镜
告别已经破碎的哀伤
找寻光在哪里
只有走出虚幻之境
相信裂缝之中总有阳光
闭上眼的瞬间
时间为我暂停
永恒如一日
我将再次飞翔

因为听见远方宇宙的呼唤
一切一切都在闪耀着
新的故事总会重新开始
世间万物都在相爱

副篇　散文三篇

镜中 AI

2023 年是 AI 井喷式爆发的一年。

下一次工业革命的到来,也许就在我们这一代人的眼前亲身见证着。经过数日来的思考,我作为时代洪流中一粒会思考的尘埃,对于人工智能有一些拙见。

首先,AI 和电器、网络、手机、家电等工具一样。它只是人类科技史上新研发的智能工具而已。不要像手机游戏一样,使你成为依赖它的奴隶。

从前的农耕时代,我们的衣食住行,几乎都是亲力亲为。在家庭作坊的环境下,虽然人们为生活奔波劳碌,但却亲身体验过食物从种子开花结果到厨房烹饪,最后到餐桌的流程。所有的经验变成了能力。虽然过程烦琐辛苦,但知道仅仅是满足衣食住行的需求就很不容易,在人与自然的互动中一点一滴感受着活着的真实感。

而我们所处的当下时代,奔波在城市快节奏的洪荒中,衣服在快销店网购，饭食在超市选购或是点外卖。人们住在高层小区里，生活在邻居都不知道彼此是谁的铜墙铁壁的围墙里，上班上学如沙丁鱼般挤在满员地铁里。

在快捷里我们无暇思考更多。能躺着不坐着，能坐着不站着。能订外卖不外食，能外食不做饭。能打字不写字。无形之中，大脑渐渐被闲置。因为不用动脑的生活很幸福啊！可那些被节省的时间都去哪儿了呢？是交给了短视频？或是一局游戏？还是网文电视剧？

就这样，AI 到来了。我有一种不祥的预感，这样下去，我们会变得失去更多生存能力。因为电脑手机的出现，越来越多的成年人离开学校之后，写字时总会提笔忘字。外卖的出现也是这样，人们越来越懒得做饭，小孩子甚至连最基本的蔬菜和肉都认不清。我们开始和最原始的世界越来越远。因为在网络里，AI 里一切唾手可得。忘记了"真实"才是最可贵的。所以这些工具固然造福人类，但是我们不要丢掉身为人类的能力和智慧。巧用它而不是依赖它。

现在 AI 软件越来越多走入大众视野。AI 生成小说也好，AI 聊天软件也好，AI 虚拟偶像也好，AI 摄影也好，AI 声音也好，AI 编曲也好，甚至是 AI 绘画软件。它们正在颠覆人类万年的灿烂文明和固有的思维认知。

大家焦虑，会不会像电影那般，AI有那么快的学习能力，以后超越人类智慧呢，颠覆人类社会的格局呢？可我认为，AI终究是工具，没有"人"的使用，它也没有存在的意义。

而AI最近进入了文学艺术领域，让人们恐惧AI影响各行各业也许是迟早的事。诚然，不仅是普通使用者利用这些AI软件能够达成以前很困难的事。比如再也不害怕看外文书籍，文笔不好也可以通过AI生成出一篇完整的文章，不会画画也能拥有自己的画。它确实方便了更多人的生活，连各行各业从业者的工作效率也大幅度提升。

以后我们一旦习惯了AI的生活，大概也会把所有文学和艺术最初带给我们的感动一起忘掉吧。

我认为最快乐的，不是看到成品的愉悦，而是亲力亲为的过程产生的满足感。那些不朽的名作，都不是一朝一夕就能跃然纸上的，有些甚至花费大师们毕生的心血。而带给我们深刻的感动也都是因为我们是人，是有血有肉有心的生命。

这些世界文艺遗产，即便已经跨越百年，穿越无数国家和语言的高墙，你却依然为之动容，这就是文学艺术的强悍力量所在。而AI的完成度再完美，也只是空有华丽的皮囊罢了。

艺术文学之所以被贵为结晶和瑰宝,就在于它吸纳了全人类情感的养分,也是我们共同的梦。起码这些价值连城的宝物我们要捍卫到底。

所以不管 AI 有多么无敌,它也是为我们服务的工具。我们能做的,依然是提高人生的质量,不要被诱惑蒙蔽双目,和真实世界建立连接。更何况时至今日我们连自己的这副躯体和高精密的大脑都没有破解,至于 AI 能不能模拟大脑,这还太遥远了。

大自然永远比网络辽阔,家里的饭菜远比外卖美味,手工远比机器生成的温暖,花香永远比香水更有氛围,打字聊天不如面对面交流更顺畅。我们来自自然,切勿失其本心。现在及其以后,说不定真诚与人情味会更加稀有。

希望以后的小朋友们,还能过上原汁原味的生活。依然会用笔写字,亲自学会下厨,养养花花草草,会做小椅子。

瑰宝旅行

旅行之中，我们心之所向，无非是自然风光或是人文景观。一座城市里，山河湖海或是日升月落都表达着这座城的现在，而博物馆和美术馆则想告诉我们它过去的故事。

我们人类是会爱的动物。不只会爱自己，会爱万物生灵，也会爱一个地方。那个地方不仅仅是远方的故乡或是你现在的小窝。我想我们之所以会爱上那片陌生之地，不只是因为旖旎景色或是都市繁华这样简单的理由。我一直相信不只是动物，万事万物都在发出它们的呼唤，而心动就在你所达之处那股恰好吟唱在你耳边的风之歌谣里萌发。

爱就诞生于此。它可能发生在某片蓝海的一次波涛，或是春日花园里飞鸟的一次鸣叫。

爱的萌生竟如此简单。就像你对黑夜里灯火的眷恋，对夏日屋檐下摇曳着风铃音乐的陶醉里。所以不要错过每一个生命中会诞生火花的瞬间。

原谅我过长的铺垫。说回我们为何会向往博物馆和美术馆。也许原因很简单,只是我们想要认识这座城,想要和它成为朋友,想要和它亲密。我们总是渴望连接,想要寻找能够缘结的客体——你。

在博物馆,映入眼帘的每一处的画卷、文物、雕像……那些数不胜数的宝物,它们历经千百载,几经时代的洗礼后安静地躺在玻璃柜里等待你的到来。你看到的不只是一轴画卷或是一盏茶壶,而是历史的缩影。它们每一位都刻印着我们人类绚丽的艺术文化文明的痕迹,是奇迹也是无价之宝。所以,每当从空旷又有点寂寞的文物收留所里出来后,印在脑海里的情绪总是充盈着泉涌般的感动。

万物有灵,这些遗迹文物也在跨越过历史洪流后,守护着活在现今的我们。虽然那些伟大的前人已逝,好在文物依然替他们继续活下去,见证他们再也无法眺望的星辰大海。想起那句"生的反义词不是死亡,而是遗忘"。

所以,博物馆的存在就是希望我们这些来自未来的孩子,不要遗忘历史,常回家问候一下它们吧。

美术馆,一座藏着数千个世界的神圣殿堂。艺术永远都是人类创造出的最美丽的表达方式。一画一世界,一眼一旅行。

在那个照相机、录像机还未曾问世的时代,画的存在是古人记录每一个当下,也是历史的遗址,是独属于人类想象的乐园。无论是宗教神话传说题材的画还是写实的风景画、为皇室贵族绘制的肖像画,在那些栩栩如生的名作面前,我们是时光邀请来的客人,悄悄从画中访问每一个过往神秘的时代。

今天我有幸收到来自凡·高赠予的他独家培育的向日葵,晚上和他一同眺望着他眼中的星月夜。而明天的预定则是去名家笔下的希腊神话世界一探究竟。

这样的时光旅行虽然仅仅一个小时,却能在数百个世界和时间里穿梭遨游。比起电影的具象化,名画们更像通往那个世界的窗口。你可以不知道那幅名作背后的创作背景,构图色彩及笔触,只带着想象力和好奇心进入画里就好。欣赏美好之物从来没有门槛。

人生其实不过是一段长程旅行。我和你也不过是因为缘分成为共度一段旅程的伙伴。相遇总是短暂,但是爱总会如同文物古董永恒留在过去里。我们什么都未曾失去过,每活过一天,都在创造我们的历史。找一个无所事事的日子,去认识一下那些历经了千百年孤独的朋友吧。

毕业信

毕业日，比起毕业典礼本身，最值得纪念的是四年间每分每秒的点点滴滴。

最终，我们渴望的还是成长，并不仅仅是一纸证书。最后一次踏进弥漫着无比熟悉气息的教室，充满过欢声笑语的走廊拐角，无人静谧处深思的天台，我们的青春转瞬间就留在这里。这所校园会替我们永久保存我们的青涩烂漫，从此以后，再次回到这里一切还会历久弥新。

毕业式不过只是一天而已。不要忽视，那是你用一千天的日子从萌芽浇灌出的树木。未来，依旧从现在继续着。我们都不紧不慢活在自己的时区里。

人是先于自己的存在。即便历经二十代，我们有过很多不同的身份和标签，但我们依旧可以洗掉满身的色彩，重回纯白。我自己是谁，无论镜子里照见什么，最终自我定义权还在我们自己。我们的大脑赋予的自由意识，正是为了我们可以终其一生追求爱我所爱，塑造理想自我而设计的。

所以我们就应该永远栩栩如生,渴望自由,而不是任人摆布的玩偶,或是写定的程序,按部就班被操控的机器人。

在即将来临的风暴灾害面前,虽然我们和蚂蚁一样渺如尘埃,但我们智人却是有思想的尘埃。我们不应该在大难临头面前等待死亡,人类最特别的力量是智慧和友善。所以不论任何时候,提醒自己,问题不只有一个答案,路不只有一条。如果只能极限二选一也可以创造 C 选项。人不能因为自己的愚蠢而放弃前方的花途。

我们的未来一直晴朗绚烂,就这样慢慢游到海水变蓝。

图书在版编目（CIP）数据

世间温暖，生生不息 / 姜坦著 .-- 北京：作家出版社，2023.10
ISBN 978-7-5212-2392-7

Ⅰ.①世… Ⅱ.①姜… Ⅲ.①诗集－中国－当代 Ⅳ.①I227

中国国家版本馆CIP数据核字（2023）第143357号

世间温暖，生生不息

作　　者：姜　坦
责任编辑：张　平
装帧设计：李佳珊
责任印制：李卫东
出版发行：作家出版社有限公司
社　　址：北京农展馆南里10号　　邮　　编：100125
电话传真：86-10-65067186（发行中心及邮购部）
　　　　　86-10-65004079（总编室）
E-mail:zuojia @ zuojia.net.cn
http://www.ZUOJIACHUBANSHE.com
印　　刷：唐山玺诚印务有限公司
成品尺寸：130×185
字　　数：130千
印　　张：6.875
版　　次：2023年10月第1版
印　　次：2023年10月第1次印刷
ISBN 978-7-5212-2392-7
定　　价：59.00元

作家版图书，版权所有，侵权必究。
作家版图书，印装错误可随时退换。